Alis Scheinwelt

die Geschichte eines türkischen Gastarbeiters

Nazim Kiygi

Bibliografische Information der Deutschen Nationalbibliothek: Die Deutsche Nationalbibliothek verzeichnet diese Publikation in der Deutschen Nationalbibliografie. Detaillierte bibliografische Daten sind im Internet über dnb.dnb.de abrufbar.

TWENTYSIX
Eine Marke der Books on Demand GmbH

© 2023 Nazim Kiygi

Herstellung und Verlag: BoD – Books on Demand, Norderstedt

ISBN 9783-740730932

***

Irgendwann Ende der 40-er, Anfang der 50-er Jahre in einem Dorf mit zwanzig Hütten in den Wäldern am Schwarzen Meer zwischen Eregli und Zonguldak kam Ali auf die Welt. Strom gab es nicht, auch keine Straßen. Die Geburt war keine Krankenhausgeburt. Aber seine Mutter hatte beim Gebären schon Routine, und genug Tanten waren auch da. Also wozu ein Arzt oder eine Hebamme? Er bekam den Namen eines verstorbenen Bruders. Wozu einen anderen Namen, wenn man den Gang zur Behörde sparen kann? Der Ausweis des verstorbenen Bruders lag in der Schublade. Ali hatte Glück und überlebte. Die Überlebensquote bei der Familie Bert war nicht sehr hoch. Sein Vater hatte die Kusine ersten Grades geheiratet. Bei zehn Geburten hatten 5 Kinder überlebt. Er war das vorletzte Kind. Denn einige Monate nach seiner

Geburt kam sein Vater bei einer Schlagwetterexplosion ums Leben.

Seine Mutter erhielt eine bescheidene Witwenrente von der Berggewerkschaftskasse, sodass sich die Familie das Notwendigste leisten konnte. Für Recht und Ordnung trat anstelle des Vaters dessen Bruder ein, der nebenan wohnte. Da der Onkel selbst eine Familie hatte und als Bergmann arbeitete, blieb jedoch wenig Zeit für „Recht und Ordnung", und so wurde Alis Familie weitgehend verschont.

Es muss eine schöne Zeit gewesen sein für Alis Mutter, die nicht mehr als Gebärmaschine tätig sein musste und auch nicht mehr geschlagen wurde. Die Aufgabenverteilung blieb. Necmiye, Alis älteste Schwester, half der Mutter bei der Hausarbeit und passte auf Sadriye, die zweitälteste Schwester, auf. Sadriye war geistig behindert und musste gepflegt werden. Später unterstützte Yeter, die dritte Schwester, die älteste Schwester

Necmiye bei dieser Aufgabe. Mustafa, das vierte Kind und der erste Sohn der Familie, hatte früh die Aufgabe zugeteilt bekommen, die Ziegen zu hüten. Die zwei Kinder, die nach Mustafa geboren waren, hatten nicht überlebt, ebenso wenig das letzte Kind, das nach Ali geboren wurde.

Als Mustafa acht und Ali vier Jahre alt waren, erschien eines Tages die Gendarmerie an der Haustür. Sie teilte der Mutter mit, dass die Kinder in die Schule müssten. So kam Ali mit vier Jahren in die Schule, denn laut Geburtsurkunde seines verstorbenen Bruders war er schon sieben Jahre alt. Seine Schwestern blieben zu Hause. Die Schulbehörde hatte sie nicht vermisst.

Ali war neugierig und wissbegierig. Schon im ersten Schuljahr fing er an, Bücher aus der Schulbücherei auszuleihen. Geistig war er seinen Mitschülern überlegen, körperlich hinkte er mit einem Abstand von zwei bis drei

Jahren hinterher. Mit elf Jahren bekam Ali ein staatliches Förderstipendium und wurde nach Ankara ins Internat geschickt. Eigentlich war er erst acht oder achteinhalb Jahre alt, so genau wusste das niemand mehr.

Im Internat passte Ali sich schnell an. Seine Leistungen dosierte er so, dass er weiterhin durch Stipendien gefördert wurde, aber nicht als Streber auffiel. Wenn seine Mitschüler auf dem Hof spielten, schlich er sich heimlich in die Schulbibliothek und las. Am Anfang las er das, was er zufällig aus dem Regal herausnahm. Mit der Zeit wurde er wählerisch. Er entdeckte die Evolutionstheorie von Darwin. „Der Weg des geringsten Widerstands", genau das war sein Ding. Jetzt setzte er diese als Strategie bewusst ein. Er ging Streitigkeiten aus dem Weg. Da er körperlich im Nachteil war, kompensierte er seine physische Schwäche durch geistige List. Wenn sich Gruppen bildeten und Spannungen entstanden, hielt Ali sich in der stärkeren

Gruppe auf. Er wurde mit der Zeit ein Meister der Anpassung.

Nach sechs Jahren Internat beendete Ali 1967 seine schulische Laufbahn mit einem „Befriedigend" im Abschlusszeugnis. Nach der Abschlusszeremonie packte er schnell seinen Koffer und verließ das Internat durch die hintere Pforte, während die anderen noch mit ihren Eltern feierten.

Als der Bus in Ankara abfuhr, war es schon dunkel. Der Bus schaffte die Strecke nach zwei Pannen in knapp sieben Stunden. In Zonguldak angekommen, musste er warten, bis der Dolmus, der ihn nach Armutcuk bringen sollte, voll war. Er kam vormittags in Armutcuk an. Dann brauchte er noch einmal zwei Stunden, trotz Abkürzung durch den Wald, bis er zuhause war. Er überlegte unterwegs, ob er den Koffer im Wald lassen und ihn später abholen sollte, aber die Geschenke, die er mitgebracht hatte, konnte er ohne Koffer nicht tragen, und ohne Geschenke konnte er nicht zuhause erscheinen. Also schleppte er den Koffer mit sich und legte mehrere Pausen ein. Sonst hätte er die Strecke in anderthalb Stunden geschafft, diese Strecke, die er früher zur Schule zurückgelegt hatte, die er in- und auswendig kannte.

Nach der obligatorischen Begrüßung und der Verteilung seiner Geschenke, hatte er sich von der Familie weggeschlichen und saß nun auf einer Lichtung vor dem Abhang, seinem Geheimplatz, und schaute hinab auf das Schwarze Meer. Wenn er früher in den Ferien zuhause gewesen war, hatte er oft hier gesessen und davon geträumt, wie seine Zukunft aussehen könnte. Anfangs, als er noch Abenteuer-geschichten las, träumte er von der Schatzsuche auf fernen Inseln oder reiste in Gedanken um die Welt. Mit der Zeit wurden die Träumereien realistischer und nahmen konkrete Gestalt an. So hatte er die Entscheidung getroffen, ins Ausland zu gehen, und zwar nach Deutschland, um sein Glück dort zu suchen.

Er war nach Hause gekommen, um Abschied zu nehmen. Er wollte endgültig Abschied nehmen und alles hinter sich lassen. Er war froh, dass er in der Schule nicht mehr als das Nötigste getan hatte. Sein Förderstipendium endete mit dem Schulabschluss und ein weiteres Stipendium für das Studium hätte ihn gezwungen in der Türkei zu bleiben.

Am nächsten Morgen verabschiedete er sich von seiner Familie. Seine Mutter weinte, aber das war nichts Ungewöhnliches, denn sie weinte immer beim Abschied. Er lief die Strecke durch den Wald mit einem fast leeren Koffer, in rekordverdächtiger Zeit von 85 Minuten. Trotzdem brauchte er einen ganzen Tag, bis er in Istanbul ankam. Er fand eine günstige Bleibe in einer Pension in Fatih.

Eine Woche lang war er beschäftigt mit den Formalien: Reisepass beantragen, Urinprobe abgeben, usw. Für die Anträge ging man zu den Arzühalcis, so hießen die Antragsteller damals, die mit ihren Schreibmaschinen am Straßenrand saßen und Anträge ausfüllten. Obwohl er schreiben und lesen konnte, überließ er den Arzühalcis die Antragsarbeit. Er kaufte sogar eine Urinprobe, um ganz sicher zu gehen.

Nach einer Woche hatte er sämtliche notwendigen Papiere zusammen, einschließlich seiner Zugfahrkarte. Er ging ein letztes Mal zu seiner Pension zurück, legte sich aufs Bett und schloss die Augen. Er stellte sich vor, er wäre zeitversetzt an einem anderen Ort zu einer anderen Zeit; er stand auf einer Bühne vor Publikum. Diese Menschen waren gekommen, um ihn zu sehen. Er trug einen Umhang und Sandalen. Er nahm in Gedanken Haltung an, wie einst Alexander der Große oder Julius Caesar sie vor einer Rede angenommen haben müssen, und er sprach zu den Menschen: *„Ich bin Ali, Ali Bert aus Anatolien, habe nun das große Los gezogen, darf nach Alemanien. Ich habe gehört, das Geld liegt dort auf der Straße, in jedem Zimmer gibt es eine Steckdose, aus der dann immer Strom fließt. Man kann sogar sein eigenes Kino kaufen, in einem Kasten, den man an die Steckdose anschließt."*

Am nächsten Morgen stieg er in den Zug. Der erste Aufenthalt war in Edirne. Es war spannend, es war aufregend. Ein historischer Moment, dachte er. Diese Stadt, von der er den Namen durch den Unterricht in Geschichte und Erdkunde in der Schule kannte, war plötzlich real geworden. Er stieg aus dem Zug und hatte wieder festen Boden unter seinen Füßen. Er blieb auf dem Bahnsteig stehen, bis die Bahnwärter mit ihren Pfeifen das Signal erteilten, dass der Zug weiterfahren könne.

Der nächste Aufenthalt war in Kapikule, dem Grenzübergang nach Bulgarien. Niemand durfte den Zug verlassen. Türkische Zollbeamte stiegen ein, kontrollierten Reisepässe und Gepäck. Dann stiegen sie wieder aus und der Zug fuhr weiter. Kurz danach hielt der Zug wieder an, diesmal an der bulgarischen Grenze. Nun kontrollierten bulgarische Zollbeamte die Reisepässe. Nach der Passkontrolle fuhr der Zug weiter. Früh morgens erreichte der Zug schließlich Sophia, die Hauptstadt Bulgariens. Während des kurzen Aufenthalts in Sophia traute Ali sich, den Zug zu verlassen. Wie aufregend! Schon wieder erlebte er ein Stück Geografie am eigenen Leibe als er auf dem Bahnsteig stand.

Dieses Ritual wiederholte er in den nächsten Tagen in Belgrad, in Zagreb und in Wien. Endstation war München, wo er den nächsten Zug nahm.

Nach fast einer Woche stieg Ali in Bochum, mitten im Ruhrgebiet, aus dem Zug. Unten in der Bahnhofshalle sah er einen Mann, der wie ein Landsmann aussah. Ein „Merhaba" bestätigte seine Vermutung. Er zeigte dem Landsmann das Schreiben mit der Firmenanschrift, das er in Istanbul von der Arbeitsvermittlung bekommen hatte. Er merkte sehr schnell, dass sein Landsmann mit dem Papier nichts anfangen konnte.
„Um 5 Uhr kommt Ahmet. Er kann dir weiterhelfen," war seine Reaktion.

Er hatte das Dokument nicht einmal richtig angeschaut. Wahrscheinlich kann er nicht lesen, dachte Ali. Die Bahnhofsuhr zeigte 20 Minuten vor 5. Er ließ sein Gepäck bei seinem Landsmann stehen und ging aus der Bahnhofshalle hinaus in die Stadt. Er überquerte die Straße vor dem Hauptbahnhof, indem er genau das tat, was die anderen Fußgänger auch taten. Es war sehr aufregend zu sehen, wie diszipliniert die Menschen warteten, bis die Ampel für die Autos rot wurde und alle Autos anhielten. Er konnte sich nicht vorstellen, dass in der Türkei Autos anhalten würden, wenn eine Ampel rot zeigte, die Menschen sowieso nicht. Wegen einer blöden Ampel? Nein, niemals.

Als er die Straße mit einer Fußgängergruppe überquert hatte und auf der anderen Seite der Straße angekommen war, stand er vor der gläsernen Fassade des Esslokals von Wimpy, dem ersten Franchiseesystem auf dem deutschen Markt für Convenience Food. Er schaute hinein und beobachtete, was die Menschen aßen, wie sie aßen, was sie anhatten. Auf einem Teller war ein Hamburger mit Pommes Frites. Ali wusste nicht, was er da sah, aber er wusste, dass er bald in diesem Lokal sitzen und das, was er gerade sah, bestellen und essen würde.

Die Bahnhofsuhr zeigte jetzt auf die 5. Die ersten Eindrücke in dieser wunderbaren Stadt waren so überwältigend, dass er nicht merkte, wie die Zeit verging.

Ali ging zurück in die Bahnhofshalle. Ahmet war schon da. Ali zeigte ihm das Schreiben von der Arbeitsvermittlung in Istanbul. Dieser warf einen kurzen Blick auf das Blatt und sagte:
„Ich kenne die Firma. Sie ist nicht so groß. Hast du eine Bleibe?"
„Nein," erwiderte Ali.
„Du kannst erstmal bei Mehmet im Waggon schlafen. Dann sehen wir weiter."

Am Opelwerk standen auf Abstellgleisen ausrangierte und für die türkischen Gastarbeiter als Unterkunft umgebaute Waggons. Ahmet zeigte Ali die Koje von Mehmet, der wegen eines Unfalls im Krankenhaus lag. Ali zog seine Schuhe aus, legte sich auf die Koje und schlief sofort ein. Am nächsten Morgen wurde er geweckt von Mitbewohnern des Waggons und bekam von ihnen Frühstück. Als die Mitbewohner sich zur Frühschicht auf den Weg zum Werk machten, machte auch Ali sich auf den Weg zur Firma „Von Stein Werke GmbH", in Bochum-Langendreer. Ahmet hatte ihm den Weg beschrieben.

Er meldete sich am Tor beim Pförtner, indem er dem Pförtner das Schreiben der Arbeits-vermittlung aus Istanbul zeigte. Der Pförtner nahm das Schreiben mit der linken Hand an - der rechte Arm fehlte ihm - warf einen Blick auf das Schreiben und telefonierte mit der Verwaltung. Dann nahm er seine Krücke, denn ihm fehlte auch das linke Bein bis zum Knie. Ali dachte: *„Glück gehabt. Er ist ausbalanciert."* Zum Lachen war ihm allerdings nicht. Der Pförtner zeigte ihm ein Gebäude, wohin er gehen sollte, und gab ihm das Schreiben zurück. Als er auf das Gebäude zuging, erschien am Eingang eine junge Frau.

Mit einem
„Guten Tag! Ich bin Marion von Stein. Der Chef ist mein Vater." sprach die junge Frau Ali an.

Einerseits fasziniert vom Anblick der jungen Frau, andererseits beschäftigt mit der Frage: *„Was hat sie gesagt?"* war Ali für einen kurzen Augenblick sprachlos. Aber er fing sich sehr schnell wieder.
„Excuse me, do you speak English?" fragte er.

Gott sei Dank, die Frau sprach English.

***

An diesem Tag um 10 Uhr morgens betraten zwei Mitarbeiter der Firma den Pausenraum. Der eine war Kalle Kowalski, Anfang zwanzig, blond, schlank und um die 1,80 groß. Er war ein typisches Kind des Ruhrgebiets. Kalle war in Bochum geboren, genau genommen in Bochum-Langendreer. In diesem Stadtteil war er aufgewachsen und zur Schule gegangen. Nach seinem Hauptschulabschluss hatte er eine Lehre im Betrieb der Firma „Von Stein Werke GmbH" angefangen, und jetzt hatte er einen festen Platz als Facharbeiter in der Firma.

Der andere Mitarbeiter war Bruno Piccoli, Anfang zwanzig, dunkelhaarig, schlank und um die 1,80 groß. Seine Eltern waren aus Kalabrien nach Deutschland gekommen, als Bruno 5 Jahre alt war. Bruno ging in die Schule, lernte schnell Deutsch und nach der erfüllten Schulpflicht fing er eine Lehre bei der Zeche König Ludwig in Herne an. Er merkte schnell, dass Bergbau und Unter-Tage-Arbeiten nicht seine Zukunft sein würden. So landete auch er bei der Firma „Von Stein Werke GmbH".

Kalle und Bruno lernten sich während der Lehre kennen. Sie schlossen die Ausbildung gemeinsam ab, wurden von der Firma übernommen und waren bei der Arbeit unzertrennlich. Als Brunos Familie zurück nach Italien ging, mieteten Kalle und Bruno gemeinsam eine Wohnung und gründeten eine Wohngemeinschaft.

Nun saßen beide im Pausenraum, der gleichzeitig als Umkleideraum diente. Sie hatten ihre Henkelmänner und ihre Thermosflaschen auf den Tisch gestellt. Es hatte sich in der Firma herumgesprochen, dass ein Gastarbeiter aus der Türkei bei der Firma angekommen sei und seine Arbeit aufnehmen würde. Bei einem so kleinen Betrieb mit routiniertem Arbeitsablauf war eine solche Nachricht ein willkommenes Gesprächsthema.

„Hömma Kalle, hasse den neuen schon gesehen?"

Kalle biss in sein Pausenbrot und antwortete mit vollem Mund:
„Joh, äh, Bruno! Datt is ein Kanake!"

Kalles ungezügelte Wortwahl störte Bruno. Er versuchte, das Gespräch auf eine kultiviertere Ebene zu bringen:
„Dä is doch vonne Türkei, wenn ich datt mal so sagen darf."

Kalle war zu schlicht gestrickt, um Brunos feine Andeutung zu bemerken. Das war immer so gewesen, und es würde sich in der Zukunft nicht ändern.
„Datt mein ich auch! Meins doch den beim Chef heut Morgen, nä? Datt is doch ein Kanake!"

Jetzt hatte Bruno genug.
„Watt bis du denn für einen, Kalle Kowalski?"

Kalle hatte wieder nicht gemerkt, dass Bruno sich ärgerte.
„Watt willse damit sagen? Datt versteh ich nich."

Bruno versuchte bei seinem stumpfsinnigen Freund eine vernünftige Diskussion herbeizuführen, indem er sagte:
„Du bis doch ein Polacke, Kalle Kowalski, wenn ich datt mal so sagen darf."

Nun fühlte sich Kalle angegriffen und merkte nicht, worauf Bruno hinauswollte.

„Willse mich verarschen oder watt? Watt bis du denn für einen, Bruno Piccoli! Watt meinse, wo datt Piccoli herkommt? Spagettifresser!"

Bruno erwiderte, ohne die Beherrschung zu verlieren:
„Genau, datt meinich auch!"

Die Diskussion nahm ihren Verlauf wie folgt, indem Kalle konterte:
„Datt kannse ga nich vergleichen! Hömma, dä Oppa von mir hat schon hier malocht, weiß du! Damals, bei den Hitler, weiß du! Watt is denn mit dä Oppa von dir? Wo war denn dä Oppa von dir?"

Trotz seiner ruhigen Art hatte Bruno Schwierigkeiten, seine Wortwahl zu zügeln. *„Datt kann ich nich genau sagen. Aber dä war bestimmt nich inne Zwangsmaloche wie dä Oppa von dir."*

Kalle brillierte bei der Diskussion auf seine Art und Weise:
„Is doch scheißegal! Datt kannse eben nich vergleichen! Sach mal Bruno, watt hasse für 'ne Muttersprache?"

„Deutsch," erwiderte Bruno, ohne nachzudenken.

Brunos Eltern waren zwar Italiener, aber als sie nach Deutschland gekommen waren, hatten sie versucht, so schnell wie möglich Deutsch zu lernen. In Anwesenheit ihrer Kinder hatten sie, so gut es ging, Deutsch gesprochen. Außer ein paar Floskeln auf Italienisch konnte Bruno nicht Italienisch sprechen.

Kalle bohrte weiter:
„Und watt hasse für 'ne Staatsgehörigkeit?"

Bruno konnte sich nicht helfen, er korrigierte Kalle oft, wenn er Fehler machte.
„Ich glaub, datt heiß Staatsangehörigkeit, wenn ich datt mal so sagen darf."

Kalle ließ sich nicht aus der Bahn bringen.
„Is doch scheißegal! Watt hasse denn? Sach doch mal!"
„Deutsch," erwiderte Bruno.

„*Siehsse! Und watt hasse denn für 'ne Religion, Bruno?*"
„*Ich bin katholisch.*"
„*Siehsse! Genau datt meinich eben!*"
„*Vielleicht is dä auch katholisch,*" sagte Bruno und merkte, dass es nicht stimmen könnte.
„*Datt kannse deine Omma erzählen! Dä geht doch nie im Leben inne Kirche!*"
„*Gehs du denn inne Kirche, Kalle?*"
„*Nä! Und du?*"
„*Nur wenne Hochzeit is.*"
„*Ich auch. Aber der geht doch nich mal bei der Hochzeit inne Kirche. Der geht doch ... . Wie heiß datt Dinges denn? Sach doch mal!*"
„*Moschee,*" sagte Bruno.
„*Genau! Da geht dä hin.*"

Während Kalle und Bruno diskutierten, ging die Tür auf und ein älterer Herr im Anzug, schätzungsweise Anfang 60, betrat den Raum. Es war der Chef persönlich, Herr von Stein. Ihm folgte Ali, in einer Hand hielt er eine Tüte mit Arbeitskleidung, in der anderen Arbeitsschuhe. Kalle und Bruno versuchten gleichzeitig, aufzuspringen, aber der Chef war schneller:

„Mahlzeit, die Herren! Bleiben Sie sitzen!"

Kalle und Bruno grüßten zurück:
„Mahlzeit, Chef!"

Dabei blieben sie sitzen und schauten sich gespannt den Neuankömmling an.

„Das hier ist Herr Ali Bert aus der Türkei."

Ali machte eine kurze Beugung und lächelte Kalle und Bruno an.

„Herr Bert fängt heute bei uns an. Geben Sie ihm einen Spind und zeigen Sie ihm alles. Sobald Sie ihn angelernt haben, so dass er Sie vertreten kann, Herr Piccoli, können Sie Ihren Urlaub beantragen. Vorher nicht! Das gilt auch für Sie, Herr Kowalski."

Soldatenhaft, fast salutierend, bestätigten Kalle und Bruno die Anweisung ihres Chefs mit einer Stimme:
„Jawohl, Chef!"

Nachdem Herr von Stein den Pausenraum verlassen hatte, stand Ali stumm und starrte Kalle und Bruno an.

Inzwischen war die Pause zu Ende. Bruno stand auf, ging zu einem Spind und öffnete ihn.
„Hier, Kollege! Den hier kannse haben. In zehn Minuten komme ich zurück und hol dich ab. Zehn Minuten, kapito?"

***

Nach der Arbeit machte sich Ali auf den Weg nach Bochum-Querenburg. Marion, die Tochter vom Chef, hatte ihm den Tipp gegeben, in den Studentenwohnheimen nachzufragen, ob sie ein freies Zimmer hätten. Die ersten drei Wohnheime hatten keine freien Zimmer, aber das vierte Wohnheim hatte zufällig ein Zimmer, das er sofort beziehen konnte.

Am nächsten Morgen war Ali pünktlich in der Firma. Von Querenburg nach Langendreer brauchte er 50 Minuten zu Fuß. Eine Kleinigkeit für ihn, der viel längere Strecken in der Türkei zu Fuß zurückgelegt hatte.

„He, Kollege, du verstehen Deutsch?"

Ali drehte sich um und sah Kalle.
„Do you speak English?"

Kalles Reaktion war kurz und knapp:
„Watt?"

Inzwischen war auch Bruno dazu gekommen und mischte sich ein:
„Er fragt, ob du Englisch kannst, wenn ich datt mal so sagen darf."

Kalle ging immer in die Offensive, wenn er merkte, dass er in die Enge getrieben wurde:
„Kollege, hier Deutschland. Hier is die Sprache Deutsch, kapito?"

Ali hatte verstanden, dass er so schnell wie nur möglich Deutsch lernen musste. Kalle war noch nicht fertig:
„Hömma, Kollege! Du nur machen, watt wir machen. Wir Pause machen, du auch Pause machen. Wir malochen, du auch malochen. Kapito?"

Während Ali vorhatte, so schnell wie nur möglich Deutsch zu lernen, hatten Kalle und Bruno ihr Deutsch den Gegebenheiten angepasst und eine auf Ali zugeschnittene Sprache entwickelt. An seinem zweiten Arbeitstag hatte Ali sehr aufmerksam die Anweisungen Kalles und Brunos gefolgt. Um 14:15 Uhr war die Frühschicht zu Ende. Im Pausenraum nahm Bruno seinen Platz am Kopfende des Tisches, Kalle setzte sich rechts neben Bruno. Ali ging zum anderen Tischende. Als er sich hinsetzen wollte, brüllte ihn Kalle an:
„Ey! Datt is dä Platz von Rudi!"

Bruno mischte sich ein mit ruhiger Stimme:
„Kollege, am besten du setzen neben Kalle."

Ali setzte sich neben Kalle. Ein Mann um die 50 betrat den Raum. Kalle und Bruno begrüßten ihn mit
„Mahlzeit, Rudi!"

Ali wiederholte die Begrüßungsformel:
"Mahlzeit, Rudi!"

Rudi schaute Ali fragend an. Bruno setzte Rudi in Kenntnis von der neuen Situation:
"Hömma Rudi, datt is dä neue Kollege vonne Türkei."

Rudi setzte sich ans Tischende auf seinen Platz.
"Und, kann er was?"
"Dä Chef meint, erst wenn er gelernt hat, können wir Urlaub machen," erwiderte Kalle.
"Dä kapiert schnell, wenn ich datt mal so sagen darf," ergänzte Bruno.

Nun wandte sich Rudi Ali zu:
"Wie heißt du denn, Kollege?"
"Ali Bert."
"Und weiter?"

Kalle mischte sich ein:
"Rudi, der heiß so."
"Hat er keinen Nachnamen?"

Bruno klärte auf:

„Rudi, datt Bert von der Ali Bert is sein Familienname, wenn ich datt mal so sagen darf."

Ali musste dringend. Er stand auf, ging zur Tür, drehte sich um.
„Wo ist die Toilette, bitte?"

Er betonte jede Silbe einzeln. Kalle und Bruno schauten ihn verdutzt an. Bisher hatte Ali kaum etwas gesagt, außer ein paar einzelnen Wörtern, und jetzt einen kompletten Satz!

„Datt Klo is draußen links," erwiderte Rudi.

Ali bedankte sich mit einem *„Danke schön!"* und ging hinaus. Kalle fand die Vorstellung anscheinend lustig:
„Ey, Rudi, datt is ein ganz feiner Kanake. „Bitte schön", „danke schön" kann er auch sagen."
„Könntest du auch mal versuchen," konterte Rudi.

Kalle sprang auf:
„Watt willse damit sagen?"

Rudi blieb ruhig sitzen. Er kannte Kalle gut. Viel Theater und nichts dahinter. Kalle war der typische „Bellende-Hunde-beißen-nicht-Typ". Bruno hob die linke Hand, um Kalle zu beruhigen. Die Tür ging leise auf. Ali kam herein und blieb hinter Kalle stehen. Kalle bemerkte ihn nicht.
„Watt sagt der Kanake, wenn er pinkeln muss?"
Kalle stellte sich theatralisch auf und machte Ali nach, indem er jede Silbe einzeln betonte:
„Wo ist die Toilette, bitte? Joh, äh!"

Rudi und Bruno schwiegen. Man bemerkte einen Hauch von Schadenfreude auf ihren Gesichtern, als sie zusahen, wie Kalle sich blamierte. Schließlich zwinkerte Bruno mit den Augen und zeigte auf Ali. Kalle drehte sich um, sah Ali und setzte sich hin. Ali ging zu seinem Platz, setzte sich hin, nahm ein Wörterbuch aus der Tasche und blätterte darin um. Kalle versuchte, die Situation mit einem Themenwechsel zu retten und fragte Ali:
„Watt hasse da?"

Ali erwiderte kurz und knapp:
„Wörterbuch."

Rudi, Bruno und Kalle schauten sich fragend an. Ali stand auf, ging zu seinem Spind, holte einen Notizblock und einen Stift heraus, und legte beides Rudi auf den Tisch. Rudi war irritiert.
„Watt soll ich damit?"

Ali erwiderte kurz und knapp:
„Kanake."

Rudi war überfordert und reagierte nicht. Bruno mischte sich ein:
„Du sollst „Kanake" schreiben, Rudi, wenn ich datt mal so sagen darf."
„Watt weiß ich, wie man datt schreibt," erwiderte Rudi.

Kalle konnte sich nicht zurückhalten:
„Natürlich mit „K", du Idiot!"

Rudi nahm Stift und Notizblock und malte langsam ein K und fragte Kalle:
„Weiter?"

Kalle reagierte mit einem:
„Willse mich verarschen oder watt?"

Bruno wusste es selbst nicht genau und dachte: „Angriff ist die beste Verteidigung," und stachelte Kalle an:
„Hömma Kalle. Buchstabier Rudi datt Wort!"

Kalle war sichtlich irritiert:
„Ich denk nich dran!"

Rudi malte langsam weiter und sprach leise vor sich hin:
„Nach K kommt A."

Während Rudi sich quälte, standen Kalle und Bruno auf, gingen zu Rudi und schauten ihm über die Schulter. Dabei wurde Kalle ungeduldig, er konnte sich nicht zurückhalten.
„Rudi, warum schreibse datt so groß und so langsam?"

Rudi erwiderte:
„Damit er datt gut lesen kann. Kana... Na."

Rudi malte weiter. Dann wusste er nicht weiter.
„Und nun, Kalle?"

„Und watt nun? Watt meins du denn?"
„Watt kommt denn nun?"
„Frag doch Bruno!" erwiderte Kalle, und ging zu seinem Spind und zog sich um.

Rudi war erleichtert, dass Kalle es auch nicht wusste.
„Ich seh schon. Datt weiß du auch nich! Wattis mit dir, Bruno?"

Nun war Bruno mit seiner Bildung gefragt:
„Ali, du geben Wörterbuch mir!"

Ali gab Bruno das Wörterbuch, Bruno ging zu seinem Platz, setzte sich hin und blätterte im Wörterbuch und suchte. Kalle beobachtete Bruno und stellte fest, dass auch Bruno nicht weiterwusste.
„Datt gibt's doch nich! Datt glaub ich nich! Der Bruno weiß datt auch nich!"

Bruno war verzweifelt:
„Datt is ein scheiß Wörterbuch, wenn ich datt mal so sagen darf."

Bruno machte eine Bewegung, als ob er das Wörterbuch wegwerfen wollte, dann warf er es Ali zu. Ali fing das Wörterbuch in der Luft. Inzwischen wurde ihm klar, dass er von diesen Menschen keine Unterstützung beim Erlernen der deutschen Sprache erhoffen konnte.

„Dä Ali wartet. Wattis denn nun?" fragte Rudi.

Kalle und Bruno schauten sich gegenseitig an. Bruno ergriff das Wort:
„C, dann K, dann E. Watt meinse denn, Kalle?" „Joh, äh, Bruno!"
„Datt hasse nicht gewusst. Gibs zu, Kalle!" sagte Rudi erleichtert.
„Natürlich habbich datt gewusst! Ich wollt nur den Bruno mal testen," erwiderte Kalle.

Bruno überlegte immer noch:
„Kalle, datt kann ich nicht genau sagen, ob man datt mit CK oder mit K schreibt, wenn ich datt mal so sagen darf."

Kalle ergriff die Flucht.
„Ich muss weg. Ich happne neue Perle am Start. Tschüss!"

Eilig verließ Kalle den Raum. Bruno rief hinter ihm her:
„He, Kalle! Warte mal! Datt gibs nich! Dä is einfach abgehauen. He, Rudi, kommse mit nach Karl, einen nehmen?"
„Nä, ich mach noch eine Schicht. Ich bin noch den Wohnwagen am Abstottern."
„Na, dann Tschüss bis morgen!"

Bruno ging. Ali und Rudi blieben sitzen.
„Ali, du auch arbeiten zweite Schicht?"
„Ja!"

***

Inzwischen war fast ein Jahr vergangen. Es war der 28. Juli 1968. Im Pausenraum saßen an einem Ende des Tisches Kalle und Bruno und am anderen Ende Rudi und Ali.
„Hömma Rudi, nimmse Urlaub oder bisse immer noch den Wohnwagen am Abstottern?" fragte Bruno. Rudi erwiderte:
„Wir fahren nach Holland."

Kalle deutete mit dem Kopf auf Ali:
„Rudi, du mit dem da? Ihr macht 'ne Kanakenfahrt?"

Rudi wollte aufspringen, Ali hielt ihn zurück. *"Fährse mit Ali weg?"* fragte Bruno überrascht.
"Nein, ich fahr mit meiner Familie!" erwiderte Rudi.

Kalle konnte es nicht lassen:
"Also keine Kanakenfahrt?"

Rudi blieb ruhig.

"Und du, Ali? Wohin du fahren?" fragte Bruno.
"Ich hierbleiben und arbeiten," erwiderte Ali.

Ali hatte kaum noch Akzent, wenn er Deutsch sprach. Kalle provozierte weiter.
"Du nix fahren, Ali? Machen kein Kanakenurlaub?"

Er lachte und schaute Bruno an. Bruno blieb ernst und verzog die Miene. Er fand die Bemerkung nicht lustig. Ali blieb ruhig.

„Ali, bald du Millionär, wenn ich datt mal so sagen darf. Was machen du mit so viel Geld?" fragte Bruno.

Wie Kalle bildete auch Bruno konsequent Sätze mit Infinitiv-Verben, wenn er mit Ali sprach. Auch Ali spielte mit:
„Ich machen diese Firma kaufen."

Kalle und Bruno lachten. Rudi war still. Ali grinste. Die Sirene tönte. Die Pause war vorbei. Es war 10:15 Uhr. Bruno und Kalle packten ihre Sachen weg und verließen den Raum. Rudi und Ali standen auf.
„Ali, wieso sprichst du so mit den? Zeig doch den, wie gut du deutsch kannst!"
„Rudi, nenn mir einen Grund, warum ich das tun sollte."
„Warum nicht?"
„Rudi, das ist kein Grund. Das ist eine Frage. Komm, wir müssen."

***

Es war genau ein Jahr später, am 28. Juli 1969. Kalle und Bruno betraten den Pausenraum, holten Pausenbrot und Thermosflaschen aus den Spinden und setzten sich auf ihre Plätze am Tisch.

"Schon gebucht, Kalle?"
"Nä! Dä Kanakenheini will nich. Dä kann mich aber donnich verbieten, datt ich mit die Tochter von dä ausgeh."
"Wie? Hat der Rudi dir verboten, datt du mit der Gabi wegfahren kannst?"
"Wenne Gabi einundzwanzig is, hat der Kanakenheini nix zu pupen."
"Weisse Kalle, da wärich vorsichtig mit Kanakenheini und so, wenne von dein zukünftigen Schwiegervater am Sprechen bist. Wenn du die Gabi geheiratet hast, is dä Rudi Schwiegervater von dir, dann bisse Schwiegersohn von dä, egal wie alt die Gabi is, und wenn dä Ali die Steffi heiratet, is dä Schwager von dir, wenn ich datt mal so sagen darf."
"Datt hätt dä Kanaken...; dä Rudi am liebsten, aber datt glaubich nie im Leben."
"Wieso? Dä Ali und die Steffi..."

"Datt kannse deine Omma erzählen! Datt sind nur gute Kumpels. Die duzen sich nich mal."
"Meinse, die halten nur Händchen?"
"Hömma Bruno, du has keine Ahnung! Dä Ali is scharf auf die Tochter vom Chef."

Kalle stand auf und schaute aus dem Fenster.
"Hömma, wenne von Teufel sprichs, da kommt die Tochter vom Chef."

Bruno stand auf, ging zum Fenster und schaute hinaus.
"Watt will die denn hier um die Zeit? Guck doch mal! Dä Ali is auch dabei!"
"Flugblätter verteilen, watt denn sonst."

Kalle postierte sich vor Bruno, nahm Stellung ein, hob die rechte Hand als geballte Faust hoch: *"Nieder mit dem Kapitalismus! Arbeiter, bewaffnet euch gegen den Imperialismus!"*

Bruno war empört:
"Wenn ich dä Vater von die wär, hättich die ersmal Hausverbot verpasst, datt die nich mehr weiß, wo unten und oben is.

Dann hättich dä datt Taschengeld gekappt, datt Auto weggenommen, und dä Ali rausgeschmissen, wenn ich datt mal so sagen darf."
„Datt bisse aber nich, dä Vater vonner."

Die Sirene ertönte. Die Pause war zu Ende. Kalle und Bruno packten ihre Sachen weg und verließen den Raum. Kurz danach betraten Ali und Marion den Raum. Ali hatte keinen Oberlippenbart mehr, dafür längere Haare. Beide trugen Jeans. Marion stellte einen Stapel Flugblätter auf den Tisch, nahm eins davon vom Stapel und klebte es an die Tür eines Spindes. Ali zog eine Miene. Er schien mit der Aktion nicht einverstanden zu sein.
„Hör mal Marion, ich finde das nicht richtig."

Marion nahm das nächste Flugblatt und klebte es an die nächste Tür.
„Ich mache keine Ausnahmen. Auch wenn er zufällig mein Vater ist, ist er ein Kapitalist, ein Ausbeuter, ein scheiß Imperialist!"

„Marion, du musst die Sache ein bisschen realistischer sehen. Und vielleicht ein wenig differenzierter."

„Ali, hier ist der Realismus fehl am Platze! Hier ist der Idealismus gefragt!"

„Marion, wenn dein Vater das hier erfährt, wird mich dein Idealismus den Job kosten, und anschließend kann ich das Studium an den Nagel hängen. Kannst du mir sagen, wie ich dann mein Studium finanzieren soll?"

„Ali, du denkst nur an dich. Du bist ein Egoist. Denk an die Völker, die ausgebeutet werden, die verhungernden Kinder, denk an Vietnam!" *„Marion, glaubst du, dass alles in Ordnung kommt, wenn du deinen eigenen Vater zerstörst? Du sägst den Ast ab, auf dem du sitzt."*

„Ali, bist du so naiv oder tust du nur so? Er beutet euch aus. Ihr schuftet, und er wird fett und reich. Hilfst du mir jetzt endlich mit den Flugblättern oder nicht? Wenn nicht, dann verschwinde! Diskutieren können wir nachher, wenn die Arbeit hier erledigt ist."

„Diskutieren kann man mit dir nicht."

Halbherzig nahm Ali ein Flugblatt und klebte es an eine Tür. Marion schaute auf die Uhr.
"Komm, das reicht! Wir verteilen den Rest vor dem Rathaus."

Sie ging zur Tür. Ali folgte ihr und sagte:
"Ich habe ein Seminar um 11 Uhr."

Marion blieb plötzlich stehen, drehte sich um, stellte sich demonstrativ vor Ali.
"Die Uni streikt, und du hast ein Seminar?"
"Es ist nicht die ganze Uni, die streikt, nur einige Studenten."
"Du bist ein Streikbrecher! Ein Verräter! Ich will mit dir nichts mehr zu tun haben!"

Marion ging hinaus und knallte die Tür hinter sich zu. Ali blieb wie erstarrt stehen. Nach einer Weile setzte er sich hin und schaute in Richtung Tür. Er schüttelte den Kopf und murmelte irgendetwas vor sich hin. Dann stand er auf, nahm vorsichtig die Flugblätter nacheinander von den Türen der Spinde

ab. Während er damit beschäftigt war, die Flugblätter aufzusammeln, ging die Tür auf. Herr von Stein erschien an der Tür.
„Was machen Sie da, Herr Bert?"
„Guten Tag, Herr von Stein!"

Von Stein ging zu einem der Spinde und las das Flugblatt. Ali wartete bewegungslos und hielt die abgenommenen Flugblätter in beiden Händen vor sich wie auf einem Tablett. Herr von Stein drehte sich um zu Ali und riss ihm die Flugblätter aus der Hand.
„Raus hier! Sie sind fristlos entlassen! Verlassen Sie sofort das Gelände, sonst hole ich die Polizei!"

***

Vier Jahre später, am 28. Juli 1973, betraten Bruno und Kalle den Pausenraum der Firma. Sie gingen automatisch zu ihren Spinden, holten Pausenbrot und Thermosflaschen heraus und setzten sich auf ihre Plätze am

Tisch. Ihre Mienen zeigten, dass etwas nicht in Ordnung war.

„Jetzt is datt endgültig aus und vorbei. Die machen die Bude dicht, Bruno."

„Kalle, datt wär sowieso passiert, auch wenne Chef noch am Leben wär, wenn ich datt mal so sagen darf."

„Datt der den Löffel abgibt, war doch eine ganz klare Sache. War datt jetzt datt dritte oder datt vierte Schlag?"

„Ich glaub, datt war jetzt datt dritte. Datt erste Mal war doch, wie dä hörte, datt seine einzige Tochter mit dä Ali zusammen diese Flugblätter am Verteilen war, weisse noch?"

„Joh, äh, Bruno. Und den zweiten hat er gekriegt, wie dä gehört hat, datt die eigene Tochter dä Ali hinter seinem Rücken geheiratet hatt. Dann hatt dä noch einen gekriegt, wie dä gehört hatt, datt dä Oppa geworden is, oder nich?"

„Hasse recht, Kalle. Datt hier war datt vierte Schlag."

„Datt die eigene Firma pleite is, datt war zu viel. Jetzt is dä Ofen aus. Jetzt können wir einpacken und nach Hause gehen. Scheiß Ölkrise! Erst machen die datt Ölhahn auf, damit wir uns dran gewöhnen und abhängig von den scheiß

Saft sind, dann drehnse datt Ding ein bisschen zu! Nich mal arbeiten tun die dafür. Die sitzen auf ihren fetten Ärschen in ihren Palästen und spielen mit dem Hahn, so wie es den passt."

"Hasse recht, Kalle. Wo bleibt denn dä Rudi? Den habbich doch heut Morgen gesehen."

"Dä is midi Drehbank zugange, versucht, die am Laufen zu kriegen."

"Die is doch nur noch Schrott, wenn ich datt mal so sagen darf."

"Datt habbich den auch gesagt, aber dä hört ja nich zu. Nachher gibt's Stunk zu Hause, weil ich dem nich geholfen hab."

"Tja, Kalle, is nich einfach, mit den Schwiegereltern wohnen."

"Joh, äh, Bruno, wen sagse datt. Wenne scheiß Ölkrise nich gekommen wär, hätt ich middi Gabi längst unsere eigene Bude."

Die Tür ging auf und Rudi betrat den Raum.

"Mahlzeit!"

"Wo bisse geblieben?" fragte Kalle.

Rudi baute sich vor Kalle auf.

„Hättse mich geholfen, wär die Maschine längs am Laufen!"
„Is doch nich deine Maschine!" erwiderte Kalle.

Rudi war außer sich:
„Ich hab zwanzig Jahre anna Maschine geschuftet! Ich hab anna Maschine geschuftet, da hasse noch inne Windeln geschissen!"

Bruno versuchte zu beruhigen:
„Rudi, datt lohnt nich mehr. Die machen die Bude dicht. Der Chef ist tot, wenn ich datt mal so sagen darf."

Kalle war den Tränen nahe:
„Und dä Ali erbt alles!"

Bruno versuchte zu trösten:
„Dä erbt höchstens ein Haufen Schulden, wenn ich datt mal so sagen darf."

Rudi setzte sich hin.
„Den habbich heut Morgen gesehen."

Kalle und Bruno, wie aus einem Mund, fragten:

„Wo?"

Plötzlich ging die Tür auf und Ali kam herein:
„Mahlzeit, die Herren!"

Kalle und Bruno erstarrten mit offenem Mund, als ob sie einen Geist gesehen hätten.

Nach vier Jahren stand Ali vor ihnen. Er war nicht mehr der Gastarbeiter von damals. Er trug einen Anzug, Budapester-Schuhe, er war glattrasiert und die Haare waren gestylt. Er sah aus wie ein Banker.
„Ich fasse mich kurz, meine Herren. Zeit ist Geld. Wie ihr sicherlich wisst, steckt die Firma in Schwierigkeiten."

Bruno fand seine Sprache wieder:
„Datt is keine Neuigkeit, wenn ich datt mal so sagen darf."
„Wir können die Firma retten," sagte Ali.

Seine Worte hatten eine Wirkung wie ein Blitzschlag.

Plötzlich waren Kalle, Bruno und Rudi aufmerksam und fragten, wie aus einem Munde:
"Wir?"

Ali erwiderte mit den Worten:
"Ja, wir. Wenn Ihr mitmacht, dann ..."
"Wat sollen wir machen?"
"Also, mein Plan sieht folgendermaßen aus: Wir müssen das Werk modernisieren, neue Maschinen müssen her!"
"Kein Problem. Ich hab nix dagegen." sagte Bruno.
"Ich auch nich." fügte Kalle hinzu.
"Gut! Dann müssen wir die Rentabilität wiederherstellen."
"Also geht dä Rudi in die Rente."
"Nicht Rente, Bruno, Rentabilität. Das heißt, dass die Produktions-, Lohn- und Lohnnebenkosten so gehalten werden müssen, dass wir wettbewerbsfähig sind."
"Datt is mir zu hoch. Verstehse, watt dä sagt, Bruno?"
"Nä, Kalle. Datt is mir auch zu hoch. Watt heiß datt im Klartext?"
"Im Klartext heißt das, dass Ihr mehr arbeiten müsst," sagte Ali.

Kalle war begeistert:
„*Da mach ich glatt mit! Ich bin dabei!*"
„*Ich auch!*" schrie Bruno voller Freude.
Auch Rudi stimmte zu.
„*Ich mach auch mit!*"

Ali war zufrieden:
„*Fein.*"

Bruno war noch skeptisch.
„*Und die machen die Bude nicht dicht? Da is doch bestimmt ein Haken bei dä Sache oder nich?*"
„*Der Haken dabei ist, dass es kein Geld für die Mehrarbeit gibt.*"

Kalles Begeisterung war auf der Stelle verschwunden.
„*Willse uns verarschen oder watt? Meinse, ich maloche für nix?*"
„*Ihr bekommt Anteile an der Firma,*" sagte Ali.
„*Wat soll ich mit die Firma? Die Firma ist pleite!*"
„*Kalle, wenn die Firma später Gewinn abwirft, bist du daran beteiligt.*"
„*Und watt machst du?*" fragte Bruno.

„Zuerst sorge ich dafür, dass die Bank uns die Schulden stundet und einen Kredit für neue Maschinen einräumt. Dann sorge ich dafür, dass wir wieder Aufträge bekommen. Also, wer macht mit?"

Im Raum herrschte Stille. Kalle schaute Bruno an. Bruno überlegte. Rudi reagierte als Erster.
„Ich mach mit!"

Kalle reagierte empört.
„Bisse bekloppt?"
„Ich mach auch mit!" sagte Bruno.
„Ihr seid alle beide bekloppt!"

***

Nachdem der Chef Ali entlassen hatte, hatte Ali fleißig studiert. Sein Studium hatte er durch Jobs finanziert, wie Nachhilfeunterricht, Taxi-Fahren, Autos kaufen und verkaufen, usw. In dieser Zeit war der Kontakt zu Marion geblieben. Er hat Marion nie die Schuld für seine Entlassung gegeben. Er hätte damals die Beteiligung an der Flugblatt-Aktion ablehnen können. Für seine

Handlungen war er selbst verantwortlich, Mit Marion hatte er eine Beziehung geführt, bei der er Marion akzeptierte, wie sie war. Marion war nicht die Frau seines Lebens, aber mit Marion schwebte er gesellschaftlich auf der höchsten Ebene. Also überwogen die Vorteile die Nachteile.

Für Marion war Ali immer da. Sie konnte sich auf ihn hundertprozentig verlassen. Wenn es ihr dreckig ging, hörte Ali immer zu. Er tröstete sie, indem er Lösungen vorschlug, die ihr meistens nicht gefielen, aber sie lösten die Probleme. Wenn sie sich in einen Taugenichts verliebt hatte und sich wochenlang nicht blicken ließ, und wenn es zu Ende ging mit der Verliebtheit und dem jeweiligen Taugenichts, kam sie mit ihrem Liebeskummer zu Ali, und Ali ließ sie herein.

In dieser Beziehung stellte Ali keine großen Ansprüche an Marion. Wenn sie weg war, war sie weg. Aber sie kam immer wieder zurück.

Ihre teils lockere, teils von Marions Eskapaden gesteuerte Beziehung nahm eines Tages ein abruptes Ende, als Marion Ali einen Heiratsantrag machte: *„Ali, ich bin schwanger. Lass uns heiraten."*

***

Es war der 28. Juli 1977. Vier Jahre waren vergangen, seitdem Ali die Firma übernommen hatte. Der Aufenthaltsraum mit den Spinden war inzwischen Alis Büro. Die hintere Wand war unverändert. Über der Wanduhr hing noch die Tafel mit der Inschrift „Von Stein Werke GmbH," wie früher. Die Wände waren frisch gestrichen. Es gab eine neue Tür aus massivem Holz, die Fenster hatten Vorhänge. Die Spinde, der Tisch, die Bänke und Stühle waren verschwunden. Stattdessen stand, wenn man den Raum betrat, nun auf der rechten Seite ein Arbeitstisch mit passendem Chefsessel dahinter. Vor dem Tisch standen zwei Sessel für Gäste, auf dem Tisch sah man eine Leselampe, ein

Bild in einem Rahmen, ein Telefon und eine Zeitung. Um 8:00 Uhr betrat Ali den Raum. Er trug einen Anzug, wie er es nun seit Jahren tat. Er ließ sich in den Chefsessel fallen, drehte sich einmal mit dem Sessel um und schloss die Augen. Er stellte sich vor, er wäre an einem anderen Ort, zu einer anderen Zeit: er stand auf einer Bühne vor Publikum. Diese Menschen waren gekommen, um ihn zu sehen. Er trug einen Umhang und Sandalen. Er nahm in Gedanken Haltung an, wie einst Alexander der Große oder Julius Caesar sie vor einer Rede angenommen haben müssen, und er sprach zu den Menschen: „*Zugewandert nach Alemanien, von der Familie Bert aus Anatolien, dem Türkentum den Rücken gekehrt, die Herkunft total verdreht, gestorben sei nun Ali, der Kanake, der einst ich war. Dem Deutschtum verfallen, wurde ich wiedergeboren, als Alibert von Stein, Ehemann der Marion von Stein, die mir einen Sohn gebar, der auf den Namen Norbert hört. Nun ist die Welt mein.*" An dieser Stelle öffnete Ali die Augen wieder. Die Transformation war gelungen. Alibert, alias Ali, nahm die

Zeitung und überflog die Überschriften.
„Steffi, ist der Kaffee fertig?" rief er.

Eine blonde Frau, um die 23, betrat den Raum mit einer Tasse Kaffee.
„Guten Morgen, Chef!"

Ohne sie anzuschauen, las Alibert weiter.
„Morgen," erwiderte er knapp.

Steffi stellte den Kaffee auf den Tisch und wartete. Nach einiger Zeit legte Alibert die Zeitung beiseite und schaute sie an. Steffi strahlte ihn an. *„Soll ich die Mappe holen, Chef?"*

Alibert nahm einen Schluck aus der Tasse.
„Ja."

Steffi ging hinaus, kam zurück mit einer Unterschriftenmappe, legte sie auf den Tisch vor Alibert und klappte sie auf. Sie ging ein paar Schritte zurück und wartete. Alibert nahm seinen Füller aus der Innentasche seines Sakkos, unterschrieb, klappte die nächste Seite

auf und las einen von Steffi vorbereiteten Text.
„Ich wusste nicht, dass Ihre Schwester Gabi ein Kind bekommen hat. Was ist es denn?" fragte er jetzt.
„Ein Mädchen. Ich dachte, es wäre eine gute Idee mit der Karte."
„Ja, gute Idee."

Alibert unterschrieb.
„Was ist mit Ihrem Vater Rudi? Er ist schließlich der Großvater."
„Nächste Seite."

Alibert klappte die nächste Seite auf, las und unterschrieb auch dieses Glückwunschschreiben. *„Sie denken auch an alles. Sind die Verträge für die Stadtverwaltung fertig?"*
„Nächste Seite."

Alibert klappte die nächste Seite auf. Steffi strahlte weiter.
„Ich habe sie abgetippt, wie besprochen. Herr Rechtsanwalt Lunte hat sie kontrolliert."
„Gut."

Alibert unterschrieb auch diesen Text und klappte die nächste Seite auf.
„Alles?"
„Ja."
„Irgendwelche Termine für heute?"
„Um 13 Uhr Essen mit Herrn Dremel von der Bank. Einen Tisch habe ich bereits reserviert. Um 17 Uhr Tennis mit Rechtsanwalt Lunte." „Gut."

Steffi verließ den Raum. Alibert murmelte vor sich hin: „Oh, Dremel, Herr Dremel. Wenn ich mit Ihnen fertig bin, dann sehen Sie aber alt aus."

Steffi kam wieder herein.
„Chef, haben Sie Zeit? Kalle möchte Sie sprechen."
„Er soll hereinkommen!"

Steffi ging hinaus, Kalle kam herein, ging zum Schreibtisch und nahm demütig Haltung an. Um Blickkontakt mit Alibert zu vermeiden, fixierte er die Lampe auf dem Tisch. Alibert blätterte in der Zeitung.
„Mahlzeit, Chef!"
„Mahlzeit, Kalle! Herzlichen Glückwunsch! Wie geht's der Familie?"

erwiderte Alibert, ohne Kalle anzuschauen.
„Alles Bestens, Chef."
„Hast du den Auftrag am Wochenende erledigt?"
„Datt is schon so gut wie fertig, Chef. Dä Bruno ..."
„Was heißt, schon so gut wie fertig?"
„Ich hab dat Kinderzimmer fertig gemacht. Der Bruno ..."
„Der Auftrag sollte am Wochenende erledigt sein!"
„Dä is bestimmt fertig, Chef. Dä Bruno is für mich eingesprungen."
„Es war dein Auftrag! Bruno hat keine Ahnung von der Sache!"
„Ich dachte ..."
„Du sollst nicht denken, sondern deinen Auftrag erledigen!"
„Ja, Chef."
„Was stehst du noch herum?"
„Ich hätt da ein Anliegen, Chef."
„Was für ein Anliegen?"

Kalle zitterte am ganzen Körper, stand nach wie vor in demütiger Haltung da, die Augen auf die Lampe auf dem Arbeitstisch gerichtet. Alibert blätterte weiter in der Zeitung.

„Heraus damit!"
„Ich brauch 'nen kleinen Vorschuss, Chef."
„Was?"
„Weisse, dat Kinderzimmer ..."
„Bin ich eine Bank?"
„Chef, die Bank gibt nix mehr. Da habbich schon zwei Kredite am Laufen. Da habbich mir gedacht, da habbich zu mir gesagt: Kalle, da hasse doch Anteile bei der Firma und die Firma läuft gut und ..."
„Da hättest du vorher dran denken sollen! Du gehst hin und kaufst dir ein Auto auf Kredit, dann kaufst du neue Möbel auf Kredit, dann einen neuen Fernseher auf Ratenzahlung, dann setzt du noch ein Kind in die Welt, als ob zwei nicht reichen würden. Weißt du, Kalle, vor zehn Jahren hast du mir gesagt, ich zitiere wortwörtlich: Ali, du denken zu viel! Nix gut für dich! Überlass das Denken uns!"
„Chef, ich geb zu, datt war eine unüberlegte Haltung. Datt war nich so gemeint, ehrlich."
„Es tut mir leid, Kalle. Es gibt keinen Vorschuss."

„*Und meine Anteile? Sind die nix wert?*"
„*Doch. Du kannst sie verkaufen oder beleihen.*"
„*Gibt die Bank Geld dafür?*"
„*Das weiß ich nicht, aber ich würde sie kaufen.*"
„*Watt krieg ich dafür?*"
„*Ich weiß es nicht. Wir lassen den Steuerberater den Wert ermitteln. Dann kannst du entscheiden, ob du sie verkaufen oder beleihen willst.*"
„*Wattis denn beleihen? Watt heiß datt in Klartext?*"
„*Im Klartext heißt es, dass du deine Anteile mir als Sicherheit überlässt und ich gebe dir dafür einen Kredit, den du mir monatlich nebst Zinsen zurückzahlst.*"
„*Datt is wie bei dä Bank!*"
„*Genauso ist es. Jetzt gehst du und erledigst den Auftrag. Ich lasse den Wert der Anteile ermitteln, und du kannst es dir überlegen. Steffi!*"

Kalle ging hinaus und Steffi kam herein. Sie hatte an der Tür gelauscht und alles mitgekriegt.

„Ich rufe den Steuerberater an und lasse den Wert der Anteile ermitteln."
„Steffi, ich weiß nicht, was ich ohne Sie tun würde."
„Übrigens, Herr Dremel hat angerufen. Ich habe ihm gesagt, sie wären in einer dringenden Besprechung."
„Gut. Was wollte er?"
„Das hat er mir leider nicht verraten. Vielleicht hat er Schwierigkeiten mit der Gewährung des Kredits. Soll ich ihn verbinden?"
„Ja."

Man konnte Alibert deutlich hören, wie er vor sich hinmurmelte: *„Dieser unfähige Dremel!"* Da klingelte schon das Telefon. Alibert nahm den Hörer ab.
„Alibert von Stein?" Kurze Pause. *„Herr Dremel! Wie geht's, wie steht's? Der Tisch ist reserviert. Sagen Sie mir nicht, dass Sie nicht können!"*

Wieder eine kurze Pause, während Alibert zuhörte. Sein Gesichtsausdruck deutete auf nichts Gutes.
„Sicherheiten? Herr Dremel, was für Sicherheiten? Sie haben die Bilanzen des letzten Jahres und die Auftragseingänge

für dieses Jahr. Das Geschäft floriert." Pause. *"Was? Sie brauchen die Genehmigung der Hauptfiliale für die lächerliche Summe von ein paar Hunderttausend?"* Pause. *"Was? Sie können das Risiko nicht eingehen! Was für ein Risiko? Wissen Sie was, wir besprechen das am besten in aller Ruhe beim Essen heute Mittag. Also, bis nachher, Herr Dremel."*

Alibert legte den Hörer auf.
"Trottel!"

Das Telefon klingelte wieder. Alibert nahm den Hörer ab.
"Ja? Hallo, Liebling!" Kurze Pause. *"Was für eine Demo?"* Alibert hörte mit ernster Miene zu. *"Heute Mittag? Das geht nicht. Ich habe eine wichtige Besprechung."* Kurze Pause. *"Nein, ich kann sie nicht verschieben. Nein, das geht nicht. Die Zukunft der Firma steht auf dem Spiel."* Kurze Pause. *"So ist das nun 'mal, Liebling."* Pause. *"Wo ist denn die Kinderfrau?"* Kurze Pause. *"Du hast sie entlassen!?"*

Alibert stand auf und hörte im Stehen Marion eine zeitlang zu. An seiner Mimik erkannte man, dass er Schwierigkeiten hatte, seine Gefühle zu kontrollieren. Er setzte sich wieder hin.
„Aber Liebling, du kannst nicht jeden Monat eine Kinderfrau entlassen. So viele gibt es nicht. Kannst du diese Demo nicht auslassen? Es gibt immer wieder welche."

Wieder eine kurze Pause.
„Ja, ich verstehe dich. So habe ich es nicht gemeint. Natürlich ist es wichtig. Es tut mir leid, Liebling." Pause. *„Nein, ich kann nicht auf ihn aufpassen. Die Besprechung ist äußerst wichtig."*

Kurze Pause. Alibert hörte Marion zu. Plötzlich sprang er wieder auf.
„Nein! Du kannst Norbert nicht mitnehmen! Ein vierjähriges Kind hat auf einer Demo nichts zu suchen! Das verbiete ich dir! Hallo? Hallo?"

Alibert legte den Hörer auf. Er war sichtlich erschöpft. Er ließ sich in den Sessel fallen und murmelte vor sich hin.
„Sie hat aufgelegt."

Steffi erschien an der Tür:
"Chef, wenn Sie jetzt schnell hinfahren, erwischen Sie sie noch. Bringen Sie Norbert hierher. Ich passe auf ihn auf."
"Steffi, Sie sind ein Schatz. Ich weiß nicht, was ich ohne Sie machen würde."

***

Es war der 28. Juli 1985. Acht Jahre waren inzwischen vergangen. Kalle und Bruno betraten Aliberts Sprechzimmer. Beide waren sichtlich älter geworden. Kalle trug einen Computer mit Tastatur, Bruno den Monitor dazu.
"Packen wir all datt Zeug einfach obendrauf, Bruno!"

Sie stellten die Sachen auf den Tisch.

"Watt will dä Chef mit so watt?"
"Keine Ahnung. Datt musse den selber fragen, Bruno."
"Sollen wir datt auch noch anschließen?"
"Nimm die Hände weg da, Bruno! Datt Ding war scheiß teuer."

Theatralisch nahm Bruno die Hände vom Monitor weg. Dann schaute er das Bild von Marion auf dem Tisch an.

„Wenn datt die Steffi wär, dann wär datt goldrichtig, wenn ich datt mal so sagen darf."

„Watt meinse denn, datt wär goldrichtig? Datt wär total falsch!" erwiderte Kalle.

„Ich mein, wattich mein!" konterte Bruno trotzig.

„Datt hasse auch damals gesagt."

„Datt meinnich imma noch. Die Steffi is imma noch verknallt inne Chef und die wartet, bis die Alte vom Chef abkratzt oder abhaut, wenn ich datt mal so sagen darf."

„Hättä Chef damals die Steffi genommen, dann wär dä heut noch ne Kanake," erwiderte Kalle.

„Datt meinnich auch! Dä hatt die Alte nur genommen, damit dä die Firma kriegt," ergänzte Bruno.

„Red kein scheiß! Da war die Firma doch pleite!" konterte Kalle.

„Hömma Kalle, datt war den doch scheißegal. Hauptsache, dä hatt die Firma gekriegt und den Namen auch

noch obendrauf. Dä wollte nich mehr den Kanaken spielen, wenn ich datt mal so sagen darf."
"Joh, äh, Bruno Piccoli! Datt hatt dä auch geschafft. Dä is jetzt mehr deutsch wie du."
"Und watt is mit dir, Kalle Kowalski, du Polacke!"

Mit Drohgebärden und einem Hauch von theatralischer Komik nahmen Kalle und Bruno Kampfstellung an, als Steffi den Raum betrat:
"Was macht ihr denn hier?"
"Mahlzeit, Steffi!"
"Mahlzeit, Schwägerin! Wir waren datt Zeug hier am Abladen."
"Dann könnt ihr wieder gehen. Der Chef kommt gleich."
"Komm mit, Bruno! Wir gehen!"

Als ob nichts gewesen wäre, verließen Bruno und Kalle den Raum. Steffi schloss den Computer an. Dann setzte sie sich in den Chefsessel und startete den Computer. Als Ali an der Tür erschien, sprang sie auf:
"Guten Morgen, Chef!"

„Guten Morgen, Steffi! Na, funktioniert er?"
„Ja, einwandfrei. Ich bringe Ihnen Ihren Kaffee."

Alibert setzte sich in den Chefsessel und schaute auf den Bildschirm. Steffi ging hinaus, um den Kaffee zu holen. Alibert schaute weiter fasziniert auf den Bildschirm.
„Steffi!"

Steffi kam mit einer Tasse Kaffee herein und stellte sie auf den Tisch.
„Ja, Chef?"
„Haben Sie alles eingegeben?"
„Nein, noch nicht."
„Trauen Sie sich das zu?"
„Natürlich! Ich habe doch diesen Kurs gemacht!"
„Das weiß ich, aber Fahrstunden nehmen, heißt noch lange nicht, dass man fahren kann."

Das Telefon klingelte.
„Das ist bestimmt Ihre Frau," sagte Steffi.

Alibert nahm den Hörer ab:

„Von Stein." Kurze Pause. *„Guten Morgen, Liebling!"*

Steffi verließ den Raum.
„Norbert und ich wollten dich nicht stören. Ausgeschlafen?" Kurze Pause. *„Verschlafen? Friseurtermin? Du brauchst Geld? Hast du nichts mehr auf deinem Konto?"* Pause. *„Keine Zeit? Du kommst vorbei? Gut, bis gleich."*

Alibert legte den Hörer auf. Steffi kam mit der Unterschriftenmappe herein und legte sie aufgeklappt auf den Tisch. Sie ging einen Schritt zurück und wartete. Alibert nahm seinen Füller aus der Innentasche seines Sakkos, unterschrieb, klappte die nächste Seite der Unterschriftenmappe auf und las. Steffi zeigte auf die Seite und sagte:
„Das sind die Entlassungen." „Hat Lunte sie geprüft? Ich bin froh, wenn wir diese Sache ohne irgendwelche Klagen hinter uns bringen."
„Ja, er meinte, sie wären in Ordnung."
„Wo muss ich unterschreiben?"
„Dort müssen Sie unterschreiben." und zeigte mit dem Zeigefinger auf eine bestimmte Stelle.

„*Wo?*" fragte Alibert.

Steffi beugte sich über, von der linken Seite des Sessels, zeigte auf die Stelle, wo Alibert unterschreiben sollte, verlor dabei das Gleichgewicht, versuchte sich zu halten und fiel in Bauchlage auf Alibert. Der versuchte, sie festzuhalten. In diesem Augenblick kam Marion durch die offene Tür herein. Sie war äußerst schick und teuer gekleidet. „*Stör'ich?*"fragte sie lakonisch.

Steffi stellte sich schnell wieder auf die Beine, ordnete ihre Bluse und die Haare.
„*Guten Morgen, Frau von Stein! Wie geht es Ihnen?*"
„*Guten Morgen, Fräulein Treumut! Wie ich sehe, haben Sie alles im Griff.*"

Den Sarkasmus in ihrer Stimme ließ Marion bewusst erklingen.

Als ob nichts gewesen wäre, klappte Alibert die Unterschriftenmappe zu, gab sie Steffi und stand auf.
„*Wir sind fertig.*"
„*Möchten Sie einen Kaffee, Frau von Stein?*"

„Nein, danke!"

Nachdem Steffi den Raum verlassen hatte, ging Alibert zu seiner Frau: Er wollte ihr einen Kuss auf den Mund geben, aber sie wandte sich ab und der Kuss landete auf ihrer Wange. Ihre schlechte Laune spiegelte sich nicht nur in ihrem Gesicht wider.
„Schatz, ich habe keine Zeit. Der Friseur wartet nicht."
„Natürlich, Liebling. Wie viel brauchst du?"

Alibert holte sein Portemonnaie aus der Hosentasche. Marion hatte es eilig.
„Wie viel hast du?"

Alibert holte zwei Hunderter aus seinem Portemonnaie. Marion nahm sie sofort an sich.
„Mehr nicht? Schatz, das reicht gerade für den Friseur aus. Also muss ich doch noch zur Bank."
„Was hast du vor, Liebling?"
„Hast du vergessen, dass wir heute Abend eingeladen sind? Und ich habe immer noch kein Kleid für Veronas Geburtstag. Außerdem muss ich die

Tennisstunden bezahlen. Ich weiß nicht, wie ich das alles schaffen soll. Lässt du einen schönen Strauß machen? Ich schaffe es nicht. So, jetzt muss ich mich beeilen. Tschüss, mein Schatz!"

Alibert versuchte, seiner Frau einen Kuss zu geben. Aber er schaffte es nicht, sie wandte sich ab und ging. Alibert setzte sich wieder hin und schaute auf den Bildschirm. Sofort kam Steffi wieder herein. Sie machte einen verstörten Eindruck.
„Es tut mir leid, Chef!"

Alibert war mit dem Computer beschäftigt, seine Blicke waren auf den Bildschirm fixiert.
„Was tut Ihnen leid, Steffi?"
„Das mit vorhin."
„Was war mit vorhin?"
„Ich schäme mich so. Es war furchtbar. Was muss Ihre Frau gedacht haben?"

Alibert drückte auf die Tasten und schaute auf den Bildschirm.
„Können Sie auch Telefonnummern eingeben?"
„Sie hören mir überhaupt nicht zu!"

Verärgert drehte Steffi sich um und ging hinaus. Alibert war weiter mit dem Computer beschäftigt.
„Was haben Sie gesagt?"

Er schaute sich um und stellte fest, dass Steffi nicht mehr im Raum war.
„Steffi! Steffi, sind Sie noch da?" rief er.

***

Es war der 26. November 1992. Sieben Jahre waren vergangen seit dem Tag, als Steffi das Gleichgewicht verloren hatte, in Bauchlage auf Alibert gefallen war und in diesem Augenblick Marion durch die offene Tür hereingekommen war und die beiden nach ihrer Wahrnehmung in Flagranti ertappt hatte. Alibert, sichtlich älter geworden, mit ergrauten Schläfen. saß an seinem Schreibtisch und schaute auf den Bildschirm. Er war nachdenklich und spielte mit der Tastatur. Dann nahm er einen Schluck aus seiner Kaffeetasse und machte ein Gesicht, als ob der Kaffee ihm nicht schmeckte. Da erschien

Steffi an der Tür. Sie trug nun eine Brille. Ihre Haare waren kürzer.
„Chef, Herr Rechtsanwalt Lunte ist da!"

Alibert sprang aus dem Sessel. An der Tür erschien ein Mann um die fünfzig. Es war Rechtsanwalt Richard Lunte. Alibert ging auf ihn zu und gab ihm die Hand.
„Richard, komm 'rein! Komm, setz dich!"

Lunte setzte sich in den rechten Sessel, Alibert in den Sessel gegenüber.
„Möchtest du etwas trinken? Steffi, machen Sie uns bitte Kaffee!"
„Nein, danke! Mein Magen verträgt im Moment keinen Kaffee."
„Möchten Sie etwas anderes, Herr Lunte? Ein Wasser oder einen Saft?" fragte Steffi.
„Vielen Dank! Ich möchte nichts," erwiderte Lunte.
„Und Sie, Chef?"
„Im Moment nichts, danke! Machen Sie bitte die Tür zu, wenn Sie gehen!"

Steffi verließ den Raum. Alibert wartete, bis sie die Tür geschlossen hatte.

„Also Richard, hattest du Akteneinsicht?"
„Ja, ich komme gerade von der Staatsanwaltschaft. Die Anklage wird lauten auf versuchte gemeinschaftliche Körperverletzung."
„Wieso? Er war doch nur zufällig dabei. Es war dieser Ronald oder Ronny oder wie sie ihn sonst nennen, der die Flasche geworfen hat. Oder nicht? Er ist ein Opfer dieses Nichtstuers!"

Lunte unterbrach Alibert:
„Ich glaube nicht, dass Norbert ein Unschuldslamm ist."

Ali parierte sofort:
„Auf wessen Seite stehst du denn eigentlich, Richard? Du musst ihn da rausboxen! Er ist mein Sohn! Ich habe nur einen!"
„Hast du mit ihm gesprochen?"
„Natürlich habe ich mit ihm gesprochen!"
„Und?"
„Ich habe ihm gesagt, dass er nichts zu befürchten hat. Er war rein zufällig dabei."

Wieder unterbrach Lunte Alibert:
"Rein zufällig haben sie eine Flasche gefunden, rein zufällig haben sie sie mit Benzin gefüllt und mit einem Lappen zugestopft, rein zufällig war auch das Asylheim in der unmittelbaren Nähe und schließlich: rein zufällig haben sie den Lappen angezündet und durch das Fenster geworfen."
"Was willst du mir damit sagen, Richard?"
"Findest du nicht, dass das einfach zu viele Zufälle sind?"
"Mein Sohn Norbert von Stein tut so etwas nicht, Richard!"
"Vielleicht solltest du ein ernstes Wort mit ihm reden."
"Richard, es war eine einmalige Angelegenheit."
"Und was ist mit den Flugblättern?"
"Was für Flugblätter?"
"Weißt du es nicht? Er hat in der Schule Flugblätter mit Parolen wie „Ausländer raus!", „Deutschland den Deutschen!" verteilt."
"Das ist eine infame Lüge! Das ist eine Kampagne gegen uns! Sie wollen den Namen von Stein in den Schmutz ziehen. Richard, wir müssen etwas

unternehmen! Am besten eine Unterlassungsklage! Wer hat dir diese Lügen erzählt?"
"Marion."
"Marion? Wer ist Marion? Welche Marion?"
"Deine Frau, Marion von Stein. Sie wurde wegen der Sache in die Schule einbestellt. Weißt du davon wirklich nichts?"
"Nein," erwiderte Alibert.
"Ich glaube, dass du mit Norbert ein ernstes Gespräch führen musst. Ein Gespräch zwischen Vater und Sohn, indem du ihn endlich aufklärst."
"Worüber?"
"Über deine Herkunft. Ich bin der Meinung, dass es höchste ..."

Alibert sprang auf.
"Ich verbiete dir, über meine Vergangenheit zu reden! Meine Herkunft, meine Vergangenheit ist tot! Ich bin ein von Stein! Es war reiner Zufall, dass ich nicht in Deutschland auf die Welt gekommen bin. Es gibt viele Deutsche, die im Ausland geboren werden. Genauso ist es ein reiner Zufall, dass meine Eltern nicht die deutsche

Staatsbürgerschaft besaßen. Es gibt viele Deutsche im Ausland, die die deutsche Staatsbürgerschaft nicht besitzen."

Alibert setzte sich wieder hin. Lunte blieb weiterhin ruhig.
„Findest du nicht, dass es zu viele reine Zufälle sind? Rein zufällig bist du nicht deutscher Abstammung. Versteh mich bitte nicht falsch. Ich will damit nur sagen, dass es für Norbert ..."
„Richard, lass Norbert aus dem Spiel! Mein Sohn Norbert ist ein von Stein! Er gehört zum deutschen Adel!"
„Er wird es irgendwann erfahren. So etwas kannst du nicht verheimlichen. Es wäre besser, wenn er es von dir erfahren würde."

Alibert blieb stur:
„Er braucht es nicht zu erfahren, solange du deine Sache richtig machst. Was ist eigentlich mit der Presse? Die Firma würde unmittelbaren Schaden erleiden, wenn die Sache publik würde. Einen Skandal können wir uns in dieser Umstrukturierungsphase nicht erlauben."

„Wegen der Presse brauchen wir uns keine Sorgen zu machen. Zurzeit gibt es so viele Brandanschläge auf Ausländer, dass diese eine Tat keinen Sensationsgehalt mehr hat. Wenn es Verletzte oder Tote gegeben hätte, dann sähe die Sache anders aus."
„Gut! Dann bin ich beruhigt. Sind die neuen Verträge fertig?"
„Meinst du die Verträge für die Programmierer?"
„Ja."
„Ich habe Fräulein Treumut einen Mustervertrag gegeben. Ich bin gespannt, ob der Dremel dir in dieser Situation einen Kredit einräumt."
„Lass das meine Sorge sein! Den Dremel habe ich dahin gebracht, wo er heute ist. Sonst wäre er ein kleiner bedeutungsloser Filialleiter geblieben."
„Mir ist diese Sache dennoch nicht geheuer. Maschinenbau und ...? Was ist das eigentlich, was du vorhast?"
„Telekommunikation, Richard! Das ist die Zukunft!"
„Dann schließ die Firma und mach eine neue auf."
„Richard, du verstehst das nicht. Der Maschinenbau stagniert zurzeit, aber er

wird wieder kommen. Ich steige nicht völlig aus dem Geschäft aus. Ich mache nur eine neue Sparte zusätzlich auf. Übrigens, bist du sicher, dass wir keinen Ärger mit den betriebsbedingten Kündigungen bekommen?"
„Nein, ich glaube nicht. Die Abfindungen sind so großzügig, dass ich fast neidisch geworden bin. Aber es ist deine Entscheidung. Ich habe nur meine Meinung gesagt."
„Richard, ich lege viel Wert auf deine Meinung."
„Ehrlich gesagt, ich habe es bis heute nicht bemerkt, dass meine Meinung dich jemals umgestimmt hätte. Ich muss jetzt gehen."

Lunte gab Alibert die Hand.
„Tschüss, Alibert! Rede mit deinem Sohn."
„Tschüss, Richard! Ich schicke ihn ins Internat. Da ist er am besten aufgehoben. Wir sehen uns morgen auf dem Golfplatz."

Lunte ging hinaus. Alibert setzte sich an seinen Schreibtisch.
„Steffi!"

Steffi erschien an der Tür.
„*Ja, Chef?*"
„*Steffi, verbinde mich mit Dremel und bring mir einen frischen Kaffee!*"

Steffi ging hinaus. Ein paar Sekunden später klingelte das Telefon. Alibert nahm den Hörer ab.
„*Von Stein? Herr Dremel! Wie geht's, wie steht's?*" Pause. „*Das ist die Zukunft, Herr Dremel!*"

Während Alibert zuhörte, kam Steffi mit einer Tasse Kaffee wieder herein. Sie wollte die Tasse auf den Tisch stellen. Alibert nahm Steffi nicht wahr und fing den nächsten Satz mit einer Handbewegung an.
„*Das sind doch nur zwei verschiedene Sparten innerhalb des Unternehmens.*"

Steffi wich der Handbewegung mit der Tasse aus, dabei fiel der Löffel unter den Tisch. Alibert redete ungestört weiter.
„*Wir schrumpfen uns gesund in der Traditionssparte unseres Hauses und machen gleichzeitig die Sparte der Zukunft auf.*"

Während Alibert noch mit Dremel sprach, stellte Steffi die Tasse auf den Tisch. Dann kroch sie unter den Tisch, um den Löffel zu holen. Alibert schaute kurz nach unten und redete weiter.
„Herr Dremel, am besten treffen wir uns heute noch. Ich möchte nicht, dass irgendwelche Zweifel entstehen."

Da erschien Marion an der Tür. Alibert bemerkte sie gar nicht.
„Ich lasse einen Tisch reservieren. Meine Sekretärin, Fräulein Treumut wird Sie wegen der Uhrzeit anrufen."

„Störe ich?"

Nun schaute Alibert auf, sah erst jetzt seine Frau und winkte ihr zu, dass sie sich hinsetzen möge.

Mit einem *„Also, bis nachher! Auf Wiederhören, Herr Dremel!"* schloss er das Telefonat ab.

Marion setzte sich in den linken Sessel. Alibert legte den Telefonhörer auf.
„Trottel!"

Marion:
„Wer?"

Alibert stand auf, ging zu seiner Frau und gab ihr einen Kuss auf die Wange.
„Dremel, der Trottel!"
„Macht er Schwierigkeiten?"
„Unwichtig. Wichtig ist diese unangenehme Sache mit Norbert."
„Deswegen bin ich hier."
„Willst du etwas trinken, Liebling? Fräulein Treumut!" rief er.

Steffi krabbelte unter dem Tisch hervor, richtete sich auf, ordnete ihre Bluse und die Haare. Den Löffel hatte sie in der rechten Hand.
„Guten Morgen, Frau von Stein! Was kann ich Ihnen bringen?"
„Guten Morgen, Fräulein Treumut! Wie ich sehe, haben Sie alles im Griff. Bringen Sie mir doch ein Glas Wasser, bitte!"

Steffi ging hinaus.

Alibert überhörte die ironische Bemerkung seiner Frau und fragte:

„Warum hast du mir nichts von dieser Flugblattaktion in der Schule erzählt?"
„Ich wollte dich schonen. Du hast genug Sorgen mit der Firma. Außerdem haben wir damals auch Flugblätter verteilt."
„Aber nicht solche! Nicht mit einem derartigen Inhalt!"
„Die Zeiten ändern sich."

Steffi kam herein mit einem Glas Wasser und reichte es Marion. Mit einem eiskalten Lächeln bedankte sich Marion:
„Danke!"
„Brauchen Sie noch etwas?"

Alibert wollte ungestört weiterreden und erwiderte:
„Nein, danke!"

Dann wartete er, bis Steffi hinausgegangen war und die Tür geschlossen hatte.
„Das ist nicht dein Ernst! Du befürwortest ein solches Flugblatt? Ich glaub' es nicht!"
„Ich weiß nicht, was auf dem Flugblatt stand. Als ich das Schreiben von der Schule bekommen hatte, bin ich zum Direktor gegangen und hab' ihm meine

Meinung gesagt. Jeder Mensch hat das Recht, seine Meinung zu äußern."
„Soll das heißen, dass du keinen Unterschied zwischen „Amis raus aus Vietnam!" und „Ausländer raus!" siehst?"
„Willst du mir etwa sagen, dass Norbert diese Flugblätter verteilt hat?
„Das hat mir Richard Lunte gesagt."

Marion war nun sichtlich schockiert.
„Das habe ich nicht gewusst."
„Ich dachte, du wärst beim Direktor gewesen."
„Ich war so wütend, dass ich ihm nicht zugehört habe."
„Und was sagst du zu dieser anderen Sache? Hast du mit Norbert darüber gesprochen?"
„Wenn du dich rechtzeitig darum gekümmert hättest, wäre das alles nicht passiert."
„Was meinst du damit? Ich verstehe nicht ..."
„Du kennst doch genügend Leute, die das Sagen in dieser Stadt haben. Hättest du damals etwas unternommen, würde heute dieser Container unsere

Nachbarschaft nicht verschandeln und Norbert ..."
"Was für ein Container? Wovon sprichst du?"
"Ich spreche von diesem Container, den die Stadtverwaltung vor unsere Parkanlage gestellt hat."
"Meinst du den Container für Asylanten?"
"Ja."
"Ach, und du meinst, wenn er nicht dort - in unmittelbarer Nähe unseres Hauses - gestanden hätte, wären die Jungen nicht auf die Idee gekommen, ein Molotow-Cocktail zusammenzubasteln und es da hineinzuwerfen! Also ist es meine Schuld, dass Norbert dem rechtsradikalen Gedankengut verfallen ist!"
"Wenn du dich mehr um ihn gekümmert hättest, ..."
"Und was ist mit dir?"

Marion schaute auf die Uhr.
"Ich muss jetzt gehen."
"Ja! Geh nur! Geh zu deinem Friseurtermin!"
"Ich gehe auf die Sonnenbank."

„Wo ist da der Unterschied? Friseurtermine, Sonnenbank, Tennis, Golfen, Bridge, Konzerte, ..."

Marion stand auf.
„Willst du mir vorschreiben, wie ich mein Leben führe?"

Auch Alibert stand auf.
„Du weißt, dass ich dir niemals Vorschriften gemacht habe."
„Vergiss nicht, dass wir heute Abend eingeladen sind. Jetzt muss ich mich beeilen."
„Was ist mit Norbert?"
„Was soll mit ihm sein?"
„Vielleicht sollten wir ihn in ein gutes Internat schicken."
„Das ist eine gute Idee."

***

Sieben Jahre waren vergangen. Es war der 28. Juli 1999. Alis Schreibtisch stand jetzt links am Fenster, der Chefsessel zwischen Fenster und Tisch. In der Mitte des Raumes stand ein Chesterfield-Sofa mit passenden Sesseln auf beiden Seiten.

Auf dem Schreibtisch befanden sich ein Laptop, eine moderne Leselampe, ein gerahmtes Bild und eine Telefonanlage.

Alibert betrat den Raum. Er ließ sich in den Chefsessel fallen, drehte sich einmal mit dem Sessel um und schloss die Augen. Er stellte sich vor, er wäre zeitversetzt an einem anderen Ort, zu einer anderen Zeit; er stand auf einer Bühne vor Publikum. Diese Menschen waren gekommen, um ihn zu sehen. Er trug einen Umhang und Sandalen. Er nahm in Gedanken Haltung an, wie einst Alexander der Große oder Julius Caesar sie vor einer Rede angenommen haben müssen, und er sprach zu den Menschen: *„Der Schein trübt die Sinne! Ich, Alibert von Stein, frage mich, ob ich doch noch Ali bin, der Kanake, der ich einmal war? Bin ich nun Sein oder Schein? Es gibt jetzt einen Alibert von Stein, den Chef von Rudi, Kalle, Bruno und Steffi, den Ehemann von Marion, den Vater von Norbert von Stein. Ist dies nun Sein oder Schein?* Ali schlug die Augen auf, dann klappte er den Laptop auf und stellte ihn an.

Steffi kam mit einer Tasse Kaffee und der Unterschriftenmappe herein.
"Steffi, künftig werden wir keine Sitzungen mehr vor 10:00 Uhr abhalten. Was halten Sie davon?"

Steffi stellte die Tasse auf den Tisch und legte die Unterschriftenmappe daneben.
"Gut! Herr Dremel hat angerufen."

Alibert klappte die Mappe auf.
"Was wollte er denn?"
"Das hat er mir nicht verraten. Soll ich ihn verbinden?"
"Später! Erst möchte ich mit Rudi, Kalle und Bruno sprechen. Ach ja, Sie hatten auch noch Anteile, nicht?"
"Worum geht es denn?"
"Es geht um die Umwandlung der GmbH in eine AG. Dafür brauche ich die Zustimmung aller Gesellschafter. Verstehen Sie mich?"

Steffi zögerte.
"Ja, schon ..."
"Also, was stehen Sie noch da?"
"Chef, ich muss Ihnen etwas gestehen."
"Ja?"

„Sie brauchen deren Zustimmung nicht."
„Natürlich brauche ich sie! Wir müssen eine Gesellschafterversammlung einberufen und einen Beschluss fassen. Ich möchte nachher keine Schwierigkeiten bekommen. Also benachrichtigen Sie die anderen!"

Steffi rührte sich nicht.

„Steffi, worauf warten sie? Warum stehen Sie noch da?"
„Die anderen haben keine Anteile mehr."
„Was meinen Sie damit? Wo sind die Anteile hin?"
„Ich habe sie."
„Sie? Sie haben alle Anteile? Wie kommen Sie dazu?"
„Erinnern Sie sich noch an damals, als Kalle Geld brauchte?"
„Ja, natürlich. Er hat mir seine Anteile als Sicherheit abgetreten, ich habe ihm das Geld gegeben, und er hat es mir in Raten zurückgezahlt."
„Kurz danach brauchte er wieder Geld. Er wollte Sie nicht erneut um Geld bitten. Er hat sich geschämt. Dann hat er

mich gefragt, ob ich seine Anteile kaufen würde."
"Und was ist mit Bruno und Rudi?"
"Dann kam Bruno ..."
"Also haben Sie hinter meinem Rücken alle restlichen Anteile nach und nach aufgekauft!"
"Ich wusste nicht, dass ich Sie um Erlaubnis hätte fragen müssen."
"Sie hätten mich wenigstens informieren können!"
"Es tut mir leid."
"Nun, wie es aussieht, sind wir Partner."
"Sind Sie mir böse?"

Alibert überlegte kurz, dann stand er auf, ging zu Steffi und streckte die Hand aus.
"Nein, überhaupt nicht. Einen besseren Partner hätte ich mir nicht wünschen können."
"Ich werde Ihnen bestimmt keine Schwierigkeiten machen, Chef. Was ist mit Ihrer Frau?"
"Meine Frau besitzt keine Anteile an der Firma. Als ihr Vater starb, war die Firma so verschuldet, dass sie das Erbe ausgeschlagen hat. Bevor ich die Firma

übernommen habe, hatten meine Frau und ich Gütertrennung vereinbart."
"Wollen Sie jetzt mit Herrn Dremel sprechen?"
"Herr Dremel kann warten. Erst müssen wir beide jetzt einiges klären, Steffi. Kommen Sie! Setzen wir uns erst einmal hin."

Steffi, sichtlich verunsichert, ging rückwärts ein paar Schritte auf das Chesterfield-Sofa zu. Alibert machte einen Schritt vorwärts.
"Gibt es Probleme, Chef? Was meinen Sie mit: Einiges klären?"
"Nun ja, ... Unser Verhältnis kann nicht mehr so sein wie bisher."
"Unser Verhältnis!?"

Steffi machte einen Schritt zurück, stieß gegen das Sofa und verlor das Gleichgewicht. Alibert wollte sie auffangen, schaffte es jedoch nicht ganz und beide fielen schließlich auf das Sofa, Steffi auf den Rücken, Alibert auf sie drauf. Ausgerechnet in diesem Augenblick erschien Marion an der Tür.
"Entschuldigung, Steffi!"

"Was ist mit unserem Verhältnis?"
"Nun, es ist so, dass ..."

Alibert sah, dass seine Frau an der Tür stand.
"Marion!"

Marion machte ein empörtes Gesicht, drehte sich um und ging wieder hinaus. Steffi, die Marions Auftritt an der Tür nicht mitgekriegt hatte, fragte:
"Was ist mit Marion?"

Alibert krabbelte auf die Beine.
"Ich bin gleich zurück."

Er lief aus dem Raum hinaus. Steffi legte sich erst glücklich zurück auf das Sofa. Dann stand sie auf, schaute sich strahlend im Raum um, ging tanzend zum Chefsessel, ließ sich hineinfallen und drehte sich mit dem Sessel einmal um. Da klingelte das Telefon. Sie nahm den Hörer ab.
"Von Stein Werke ..." Pause. Die Freude in ihrem Gesicht verschwand. *"Frau von Stein, hier ..."* Pause. *"Ihr Mann ..."* Pause. *"Ich weiß nicht, was Sie meinen."* Pause. *"Aber, ich habe ..."* Pause.

Sichtlich verwirrt, legte sie den Hörer langsam auf und stotterte den Rest des Satzes vor sich hin: *„kein Verhältnis mit Ihrem Mann."*

Steffi saß einige Sekunden lang wie gelähmt da, stand dann langsam auf, nahm das Wasserglas und verließ mit gebeugtem Kopf den Raum.

***

Es war der 24. Januar 2000. Kalle und Bruno betraten Aliberts Büro. Kalle trug eine Leiter und Bruno eine Tafel. Kalle stellte die Leiter an der hinteren Wand des Raumes auf, Bruno stellte die Tafel ab.
„Datt is wie bei Lotto, Kalle, wenn ich datt mal so sagen darf."

Kalle stieg auf die Leiter, ergriff die Tafel mit der Inschrift „Von Stein Werke GmbH" von der Wand ab und gab sie Bruno.
„Hör auf damit! Ich kanns nich mä hören!"

Bruno stellte die eine Tafel ab, nahm die andere Tafel, die er mitgebracht hatte, und gab sie Kalle.
„Datt Moos habbich gar nich nötig gehabt, wenn ich datt mal so sagen darf."

Kalle hängte die neue Tafel mit der Inschrift „Von Stein Werke AG" auf.
„Warum hasse datt denn gemacht?"
„Ich hab datt nur gemacht, weil du datt gemacht hast!"
„Hängse gerade?"

Bruno ging ein paar Schritte zurück und schaute sich die Tafel an.
„Joh."

Kalle stieg von der Leiter ab.
„Ich könnt mich inne Arsch treten, weisse! Da habbich glatt eine halbe Million verschenkt. Du hast doch fünf Mille gekriegt, oder nicht?"
„Joh, läppische fünf Mille statt 50, wenn ich datt mal so sagen darf."
„Die hatts bestimmt gewusst!"
„Willse damit sagen, datt die Steffi uns reingelegt hatt, datt die Anteile mehr wert waren?"

„Nä, datt meinich nich. Die hatt bezahlt, watt dä Steuerberater gesagt hatt. Watt ich mein is, datt die gewusst hat, datt die Anteile steigen."

„Datt glaubich nich, datt die datt vor 23 Jahren gewusst hatt."

„Ich sag's dir, die hatts gewusst! Warum hatt die denn den Rudi seine Anteile aunoch gekauft? Vonne eigenen Vadder!"

„Ich denk, dä Rudi wollte einen neuen Wohnwagen kaufen und da hatt dä nich genug Geld gehabt."

„Bruno, datt weiß ich auch, aber ich mein, die hatts gewusst."

„Und hasse gewusst, datt die Firma eine AG wird? Hasse denn gewusst, datt die Anteile von heut auf morgen nochmal um datt zehn Fache steigen? Datt kannse deine Omma erzählen!"

„Nä, datt habbich nich gewusst. Datt is wie bei Lotto."

„Ich weiß, warum die datt gemacht hat."

„Ja?"

„Datt habbich dir immer gesagt."

„Watt hasse mir immer gesagt, Bruno?"

„Datt die den Chef will. Datt is doch eine ganz klare Angelegenheit, Kalle. Die wollte doch watt inne Hand haben,

datt dä Chef auch hatt, verstehsse? Datt is wahre Liebe, Kalle, wenn ich datt mal so sagen darf. Hömma, Kalle? Watt is denn am allerwichtigsten für den Chef?"
"Die Firma und sein Sohn," antwortete Kalle.
"Genau! Datt hasse prima geschnallt, Kalle. Siehsse, die hatt doch die Anteile gekauft, datt die watt mit den Chef gemeinsam hatt."
"Und watt is mit den Sohn vom Chef?"
"Die Steffi hatt doch immer auf den Blag aufgepasst, als dä noch ein Baby war und wenne eigene Mutter die Kindermädchen haufenweise gefeuert hatt. weisse nich mehr?"
"Joh äh, da hasse Recht, Bruno. Die hat immer noch Kontakt zu den."
"Siehsse! Und watt meinse, warum die 'ne alte Jungfer geblieben is? Datt is wahre Liebe, Kalle, verstehsse? Für die is datt Geld wurscht, wenn ich datt mal so sagen darf, verstehsse?"
"Datt die nich geheiratet hatt, muss nix heißen. Du hast auch nich geheiratet."
"Datt kannse nich vergleichen. Datt is watt anders. Warum sollich denn heiraten? Weiber habbich genug."

„Warum nich? Warum hasse nie eine von den Weibern geheiratet?"

Bruno schwieg.

„Wattis, Bruno? Hasse ein Geheimnis? Raus damit!"
„Datt erzählst du aber keinem!"
„Hälsse mich für blöd oder watt?"
„Ich hab mal eine Frau gefragt, datt die meine Frau wird. Die hatt „nein" gesagt."
„Und, wattis dabei? Bisse bekloppt oder watt? Die eine sagt „nein", die nächste sagt dann „ja"."
„Ich hab aber nur die heiraten gewollt."
„Welche war die denn? Die Elfi? Die Uschi? Die Verona? Sag' schon!"
„Du hälts die Schnauze, sonst ..."
„Man, Bruno! Ich bin doch kein Plapperweib! Komm schon!"
„Die Steffi."

Für einen Augenblick war Stille. Kalle stand mit offenem Mund da.
„Datt glaubich nich! Du wills mich verarschen!"

Bruno reagierte wie ein trotziges Kind:

„Warum nicht?"
„Bruno, die Steffi is zu ... Die is zu ... Wie soll ich datt sagen?"
„Watt denn?"
„Die pass nich zu dir. Verstehsse?"
„Willse mir sagen, datt du watt besseres bis?"
„Nä, datt will ich nich sagen."
„Datt die Gabi zu dir passt, is prima. Aber datt die Schwester von der zu mir passt, datt geht nicht! Warum?"
„Datt kannich nich genau sagen, aber dattis so."

Bruno merkte nicht, dass Alibert an der Tür stand und mithörte. Er redete weiter.
„Datt is so, weil die in den Chef verknallt is."
„Hattse datt gesagt?"
„Datt brauchse nich zu sagen. Datt weißich auch so."
„Guten Morgen, die Herren! Wer ist in den Chef verknallt?"

Kalle und Bruno drehten sich um und sahen Alibert:
„Guten Morgen, Chef!"

Alibert schaute sich die neue Tafel an.

„Schön!"

Bruno nahm die alte Tafel, Kalle griff sich die Leiter.
„Komm mit, Bruno!"
„Bruno, kann ich mit dir kurz reden? Kalle, du kannst schon mal vorgehen!"
„Joh, Chef!"

Kalle verließ den Raum. Alibert wandte sich Bruno zu.
„Also, Bruno, wer ist in wen verknallt?"
„Datt kann ich nich sagen, Chef, wenn ich datt mal so sagen darf."
„Meinst du, dass du es nicht weißt, oder dass du es mir nicht sagen kannst?"
„Datt zweite meinich."
„Du machst mich aber sehr neugierig, Bruno. Kenne ich die Dame?"

Nachdem Bruno kurz mit der Antwort zögerte, antwortete er fast flüsternd mit:
„Ja, Chef."
„Also, heraus mit der Sprache! Du brauchst keine Angst zu haben. Ich behalte es für mich."
„Datt is die ..."

Just in diesem Augenblick erschien Steffi an der Tür.
"Steffi."

Alibert stand mit dem Rücken zur Tür und sah Steffi nicht.
"Was!!?"
"Stör ich?"

Alibert drehte sich um und sah Steffi.
"Ach, Sie sind es, Steffi. Nein, nein! Kommen Sie herein!"

Bruno ergriff die Gelegenheit.
"Ich muss jetzt gehen, Chef."
"Ja, ja. Gehen Sie!"

Während Bruno sich zügig entfernte, starrte Alibert Steffi an und überlegte erkennbar, wie er Brunos Aussage interpretieren sollte. Steffi merkte, dass etwas nicht stimmte. Sie überprüfte kurz, ob irgendetwas mit ihrem Aussehen nicht in Ordnung war und sagte dann:
"Ist etwas nicht in Ordnung, Chef?"

Alibert war so in Gedanken, dass er Steffis Frage überhörte. Steffi:
"Chef?"

„Ja?"
„Geht es Ihnen gut?"
„Bestens! Wie finden Sie die Tafel?"
„Schön!

Während sie auf die Tafel schaute, fixierte Alibert sie von der Seite. Sie bemerkte seinen Blick und war sichtlich nervös.
„Ist wirklich alles in Ordnung, Chef?"
„Ich glaube, wir müssen das mit dem „Chef" lassen, Steffi. Es geht nicht mehr. Es stört mich."
„Dieses Thema hatten wir schon einmal. Wissen Sie noch? Es war letztes Jahr, als dieses Missgeschick mit dem Sofa passierte und Ihre Frau hereinkam."
„Ja, ja, ich weiß."
„Hat sie sich inzwischen beruhigt?"
„Nein, immer noch nicht."
„Das tut mir leid."
„Es war doch nicht Ihre Schuld."
„Also, mich stört es nicht, Sie mit „Chef" anzureden. Ich wüsste nicht, wie ich Sie sonst nennen sollte. Ich habe es jahrelang getan, und es ist mir schon längst zur Gewohnheit geworden. Aber wenn es Sie stört, ... Was schlagen Sie vor? Herr von Stein?"

„Alibert."
„Das kann ich nicht!"
„Wie Sie wünschen, Fräulein Treumut."
„Warum tun Sie das?"
„Weil Sie nicht mehr meine Sekretärin sind und folglich ich nicht mehr Ihr Chef, Fräulein Treumut."
„Hören Sie auf damit! Es ist ja grauenhaft!"
„Genauso grauenhaft ist es, wenn Sie mich weiter mit „Chef" anreden. Es geht nicht, dass ein Großaktionär den Mehrheitsaktionär mit Chef anredet."
„Auch wenn niemand dabei ist?"
„Auch dann."
„Am liebsten würde ich alles rückgängig machen."
„Aber warum denn?"
„Weil ich nicht mehr weiß, woran ich bin. Ich komme mir so verloren vor. Über zwanzig Jahre habe ich gewusst, wo mein Platz ist. Ich hatte eine Stelle an Ihrer Seite. Ich war unverzichtbar. Mein Leben hatte einen Sinn. Und jetzt auf einmal ..."
„Aber jetzt müssen Sie nicht mehr arbeiten. Sie haben so viel Geld, dass Sie sich all Ihre Wünsche erfüllen können."

"Meine Wünsche kann ich nicht mit Geld erfüllen. Ich wünsche Ihnen alles Gute, Herr von Stein! Wir sehen uns dann auf der nächsten Hauptversammlung."

Steffi ging auf Alibert zu und gab ihm die Hand, die er ziemlich überrascht annahm.
"Alles Gute, Fräulein Treumut!"

Steffi drehte sich um und ging schnell hinaus. Sie schloss die Tür hinter sich. Alibert blieb erst stehen, mit ausgestreckter Hand. Er machte einen Schritt Richtung Tür, als ob er Steffi folgen wollte. Da klingelte das Telefon. Er blieb stehen. Das Telefon klingelte wieder. Er schaute zum Telefon, dann Richtung Tür. Das Telefon klingelte ein drittes Mal. Er ging zum Telefon und nahm den Hörer ab und sagte:
"Alibert von Stein." Kurze Pause. *"Norbert! Was gibt's denn?"* Pause. *"Du willst vorbeikommen? Wann?"* Pause. *"Heute Nachmittag?"* Pause. *"Natürlich! Ich freue mich!"*

Er legte den Hörer auf und setzte sich hin. Er war sichtlich nachdenklich und murmelte vor sich hin.
„Was mache ich nun ohne sie?"

Er konnte sich die Firma ohne Steffi nicht vorstellen. Steffi war immer ein eiserner Bestandteil der Firma gewesen. Steffi hatte alles geplant: seinen Arbeitstag, seine Freizeit, eigentlich sein ganzes Leben.

***

Um vierzehn Uhr am selben Tag kam Alibert zurück, ging langsamen Schrittes zum Chefsessel und setzte sich vorsichtig hin. Dann beugte er sich nach vorn, stellte die Ellbogen stützend auf den Tisch und umklammerte seinen Kopf mit beiden Händen. Er schloss die Augen. Er stellte sich vor, er wäre zeitversetzt an einem anderen Ort zu einer anderen Zeit; er stand auf einer Bühne vor Publikum. Diese Menschen waren gekommen, um ihn zu sehen. Er trug einen Umhang und Sandalen. Er nahm in Gedanken Haltung an, wie einst Alexander der Große oder Julius Caesar

sie vor einer Rede angenommen haben müssen, und er wollte zu den Menschen sprechen. Während er überlegte, was er den Menschen sagen sollte, klopfte es an der Tür. Er war so in Gedanken, dass er das Klopfen nicht wahrnahm. Nun ging die Tür langsam auf und ein junger Mann, Mitte zwanzig, ein Abbild des Rechtsanwalts Richard Lunte in seinen jungen Jahren, streckte den Kopf hinein.
„Papa?"

Alibert eröffnete die Augen, hob den Kopf, schaute hin und sprang auf:
„Norbert! Komm herein!"

Norbert kam herein und hatte im Schlepptau eine dunkelhaarige junge Frau. Alibert ging auf das Pärchen zu. Vater und Sohn umarmten sich.
„Papa, ich möchte dir jemanden vorstellen."

Alibert gab der jungen Frau die Hand und stellte sich vor:
„Guten Tag! Alibert von Stein!"
„Papa, das ist Leyla Bert."

Wie von einem Blitz getroffen, zuckte Alibert und wiederholte den Namen:
"Leyla Bert!"

Auch Leyla war überrascht, wie Alibert reagierte:
"Guten Tag! Sie scheinen überrascht zu sein."
"Allerdings! Kommen Sie! Setzen wir uns."

Norbert und Leyla setzen sich auf das Sofa, Alibert nahm auf dem Sessel links Platz.
"Ste...! Fräulein Treumut!"
"Im Vorzimmer war niemand," sagte Norbert.
"Stimmt! Das hatte ich vergessen," erwiderte sein Vater.
"Ist Steffi nicht da?"
"Nein, sie ist jetzt Aktionärin."
"Und was machst du jetzt ohne sie?"
"Das weiß ich noch nicht."

Alibert stand auf.
"Kann ich Ihnen etwas anbieten, Frau ... Fräulein .... Wie war noch 'mal Ihr Name, bitte?"

"Leyla. Vielen Dank! Ich möchte nichts."
"Ich auch nicht, Papa, danke!"

Alibert konnte seinen Blick von Leyla nicht lassen. Er setzte sich wieder hin. Nur Leyla als Antwort reichte ihm nicht.
"Und weiter?"

Er schaute Leyla an, als ob er etwas suchte. Leyla verstand nicht, worauf Alibert hinauswollte.
"Bitte?"
"Leyla. Und weiter?"
"Bert."
"Papa, Leyla ist eine Türkin."
"Das ist mir klar. Und ..."
"Papa, Leyla und ich haben uns während des Studiums kennengelernt."

Aliberts Blicke waren die ganze Zeit auf Leyla gerichtet.
"Woher kommen Sie, Fräulein Bert?"
"Wie ...?"
"Ich meine, aus welcher Stadt kommen Sie?"
"Aus Ankara."
"Und Ihre Eltern?"
"Papa, wenn du mir ..."

Alibert hörte Norbert nicht zu. Er fragte weiter:
„*Und Ihre Eltern?*"
„*Auch aus Ankara.*"
„*Und Ihre Großeltern?*"

Leyla fühlte sich sichtlich nicht wohl wegen der sehr direkten Fragerei Aliberts. Norbert war einerseits überrascht, andererseits wurde er allmählich nervös.
„*Papa, was soll diese Fragerei?*"
„*Man darf doch fragen, oder? Ich bin nur neugierig. Das ist alles.*"

Alibert wandte sich wieder Leyla zu.
„*Entschuldigen Sie vielmals! Es ist das erste Mal, dass Norbert mir eine Freundin vorstellt.*"
„*Das beunruhigt mich aber sehr. Ehrlich gesagt, Norbert hatte schon große Probleme damit.*"
„*Ja?*"
„*Ich und Norbert sind schon seit vier Jahren zusammen, und jedes Mal, wenn ich ihn gefragt habe, wann er mir seinen Vater vorstellen wird, hatte er eine andere Ausrede gehabt.*"

„Vier Jahre! Norbert! Und du hast mir kein Wort gesagt!"
„Papa, du hattest zu viel zu tun, und ..."
„Und deine Mutter?"
„Mutter ist im Bilde," erwiderte Norbert mit einem Hauch von Sarkasmus, den Alibert nicht wahrnahm, aber umso mehr Leyla.
„Norbert, ich kann deine Haltung nicht verstehen. Wie es aussieht, hat dein Vater doch Zeit gehabt."

Alibert überhörte Leylas Worte.
„Norbert, seit wann ist deine Mutter im Bilde?"
„Eigentlich, von Anfang an."
„Komisch, sie hat mich nicht informiert."
„Du sagst es!" brüllte Norbert seinen Vater an.
„Was meinst du damit?" fragte Alibert seinen Sohn mit aggressionsgeladener Stimme.

Leyla mischte sich ein, damit die Lage nicht eskalierte:
„Norbert, du hast mir versprochen, dass du dich ..."

„Schau ihn dir an! Er spricht von seiner Frau, als ob sie ..."

„Was habe ich denn gesagt?" fragte Alibert verblüfft.

„Du hast gesagt: „Sie hat mich nicht informiert". Du erwartest von ihr, dass sie dich „informiert"! Nicht, dass sie dir von mir „erzählt", sondern, dass sie dich „informiert"!"

„Was ist denn dabei? Es ist mein gutes Recht, dass sie mich über unseren Sohn informiert!"

„Papa, du willst es einfach nicht verstehen! Das ist typisch für eure Beziehung, wenn ihr überhaupt noch eine Beziehung habt! Seit Monaten redet ihr nicht einmal miteinander! Ihr wohnt zusammen wie in einer Pension! Ihr esst getrennt, ihr schlaft getrennt."

„Ich kann nichts dafür. Sie spricht nicht mehr mit mir. Weißt du, warum?"

„Nein, ich weiß es auch nicht, aber solange ich mich erinnern kann, habt ihr nie viel miteinander geredet. Die Kommunikation in unserer Familie hat sich immer auf das Nötigste beschränkt."

„Warum hast du mir das nicht eher gesagt?"

"Weil du mir nie zugehört hast! Du hast dich einen Dreck darum geschert, wie es mir geht!"

Leyla war bestürzt über die Art und Weise, wie Norbert mit seinem Vater redete. Sie mischte sich ein:
"Norbert, muss das sein?"

Vater und Sohn ließen sich von Leyla nicht ablenken.
"Ich habe nicht gewusst, dass es bei dir so angekommen ist. Es tut mir leid," sagte Alibert schließlich.
"Du hast keine Ahnung, wie es bei mir angekommen ist!"

Um das unangenehme Gespräch zu beenden, versuchte Leyla es ein letztes Mal:
"Norbert, er ist dein Vater!"

Leylas Zurechtweisung schien bei Alibert Wirkung zu zeigen. Mit fast sanfter Stimme schlug er seinem Sohn vor:
"Vielleicht wäre es besser, wenn wir dieses Thema unter vier Augen besprechen."

Norbert wurde einsichtig. Er gab nach.
"Das denke ich auch. Es tut mir leid, dass ich die Beherrschung verloren habe. Nun, eigentlich wollte ich dir Leyla vorstellen."
"Und deine Mutter hat es von Anfang an gewusst?"
"Nicht ganz. Ich hatte ihr schon erzählt, dass ich eine Freundin habe. Ich bin mir nicht sicher, ob sie mir damals zugehört hat. Sie hat Leyla erst vor zwei Jahren kennengelernt."
"Vor zwei Jahren!"
"Steffi hat es von Anfang an gewusst."
"Steffi!"
"Ja. Sie hat sich schließlich mehr um mich gekümmert als meine eigene Mutter."
"Steffi hat mir auch nichts erzählt!"
"Papa, hast du ein Verhältnis mit ihr?"
"Was!!?"
"Hast du ein Verhältnis mit Steffi?"
"Nein! Wer hat dir so etwas erzählt?"
"Niemand. Aber irgendetwas scheint letztes Jahr vorgefallen zu sein. Meine Mutter und du, ihr sprecht nicht miteinander und wenn ich Steffi darauf anspreche, weicht sie aus. Ich kenne sie

zu gut, als dass sie mir etwas verheimlichen kann. Und?"

Alibert schaute abwesend vor sich hin. Er war mit seinen Gedanken nicht anwesend.
„Papa!"
„Ja?"

Leyla war die Situation peinlich.
„Norbert, können wir das Thema wechseln?"
„Ich glaube, du hast recht, Leyla. Wechseln wir das Thema. Papa, eigentlich wollte ich dir mitteilen, dass wir uns verloben werden."
„Verlobt man sich heutzutage noch?"
„Leyla hat darauf bestanden. Wir machen in Kürze eine kleine Feier unter Freunden, und wenn du Lust hast ..."
„Weiß deine Mutter davon?"
„Ja, sie ist bereits informiert."

Der ironische Ton war Leyla zu viel.
„Norbert!"
„Entschuldigung, ich denke, meine Mutter kommt. Und Steffi auch, obwohl meine Mutter dagegen ist."
„Dagegen?"

"Mutter ist dagegen, dass Steffi kommt. Sie sagt mir keinen Grund dafür. Steffi hat vorgeschlagen, dass sie der Verlobungsfeier fernbleibt, aber das habe ich abgelehnt. Also ist es möglich, dass meine Mutter wegen Steffi nicht kommt, obwohl ich mir das kaum vorstellen kann. Was meinst du dazu?"
"Ich weiß es nicht. Wer kommt noch?"
"Ein paar Freunde von uns, die du nicht kennst, sonst niemand."
"Haben Sie keine Verwandten in Deutschland, Fräulein Bert?"
"Angeblich soll mein Onkel vor Jahren nach Deutschland gekommen sein, aber wir haben keinen Kontakt zu ihm."
"Ein Onkel! Was für ein Onkel?"
"Der Bruder meines Vaters."
"Papa, geht es dir gut? Du bist auf einmal so blass."
"Mir fehlt nichts. Wie heißt denn der Bruder Ihres Vaters?"
"Papa, was soll das?"
"Vielleicht kenne ich ihn rein zufällig."
"Das wäre nicht nur ein reiner, sondern ein astreiner Zufall. Solche Zufälle gibt es nicht! Papa, du kennst doch keine Türken! Du kennst keinen einzigen Türken, weil du sie meidest wie die Pest!

Deswegen habe ich dir Leyla so lange vorenthalten, verstehst du?"

Leyla versuchte, die Situation zwischen Vater und Sohn zu entspannen.
„Norbert, bitte! Also mein Onkel - den ich nie gesehen habe, er ist nämlich vor meiner Geburt, soviel ich weiß, irgendwann in den sechziger Jahren nach Deutschland gekommen - heißt Ali."
„Und Ihr Vater?"
„Mustafa."

Auf Aliberts Stirn bildeten sich Schweißtropfen. Er wurde kreideblass. Sein Verstand schien ihm zu entgleiten. Die Wahrscheinlichkeit, dass sein Sohn seine Nichte kennenlernen würde, …. Nein! Wer oder was hatte seine Finger im Spiel? Er war kein gläubiger Mensch. Im Gegenteil, er war ein Atheist. Er glaubte nicht an irgendwelche Mächte, die sein Schicksal bestimmten. Es gab für alles eine Erklärung. Aber welche Erklärung gab es hierfür? Inzwischen hatte Norbert geduldig gewartet. Er machte sich keine Gedanken darüber, warum sein Vater so emotional reagierte.

„Bist du nun zufrieden, Papa?"
Leyla freute sich, dass ihr künftiger Schwiegervater sich für sie interessierte.
„Norbert, ich verstehe nicht, warum du dich so aufregst. Was ist denn dabei?"
„Ich rege mich wegen dieser schwachsinnigen Fragerei auf. Als ob er irgendwelche Türken kennen würde! Es könnte ja sein, dass er rein zufällig deinen Onkel kennt! Das ich nicht lache!"
„Norbert, du hattest mir versprochen, dass du keine Szene vor deinem Vater machen würdest. Es ist nicht dein Vater, sondern du selbst, der sich nicht benehmen kann. Du solltest dich schämen!"

Während Leyla und Norbert heftig miteinander diskutierten, versuchte Alibert seinen ihm entglittenen Verstand unter Kontrolle zu bringen. Er war ein Mensch, der im Leben so weit gekommen war, indem er seinen Verstand benutzte.
„Leyla, können Sie uns bitte für einen Augenblick allein lassen? Ich möchte mit Norbert allein sein."
„Selbstverständlich!"

Leyla stand auf und ermahnte Norbert mit den Worten:
„*Norbert, benimm dich! Er ist dein Vater!*"

Sie ging hinaus. Norbert wartete, bis sie die Tür hinter sich geschlossen hatte.
„*Und kennst du nun rein zufällig Leylas Onkel?*" fragte er seinen Vater.

Alibert sagte nichts und schaute Norbert direkt in die Augen.
„*Schon gut! Ich werde mich benehmen. Also, ich höre zu.*"
„*Wie kommt es, dass jemand mit deiner Einstellung eine Türkin heiraten will?*"
„*Was? Ich verstehe nicht, was du meinst.*"
„*Dann drücke ich mich so aus, dass du es verstehst. Ich hatte einen Sohn, der Flugblätter in der Schule verteilt hat, auf denen ...*"

Norbert sprang auf.
„*Du hast mir damals nicht zugehört! Weder du noch meine Mutter! Ich wollte, dass ihr stolz auf mich seid. Ich wollte eure Aufmerksamkeit, verstehst du?*

Meine Mutter erzählte mir ständig, wie ihr Flugblätter verteilt habt und protestiert habt."
"Aber ..."
"Papa, hör mir bitte einmal bis zum Ende zu! Meine Mutter hat sich damals maßlos über diesen Container mit den Asylanten geärgert. Sie sagte, wenn du dich rechtzeitig darum gekümmert hättest, wäre der Container nicht dahin gekommen. Ich dachte, du wärest stolz auf mich, wenn ich dagegen etwas unternehmen würde, wenn ich es schaffen würde, dass er da weg muss. Verstehst du, was ich sagen will? Ich schäme mich für diese Tat. Ich werde mich ein Leben lang dafür schämen. Sie verfolgt mich heute noch in meinen Träumen. Die einzigen Menschen, die mir hätten helfen können, darüber hinwegzukommen, für die ich letztendlich diese Tat begangen hatte, also du und meine Mutter, schoben mich auf ein Internat ab, statt mir zuzuhören!"

Alibert hörte seinem Sohn zu, und merkte dabei, dass er seinem Sohn zum ersten Mal zuhörte. Er war schockiert über diese Erkenntnis. Er, der Mann mit Verstand, der Analytiker, der Problemlöser, hatte bei dem eigenen Sohn versagt.

„Damals dachte ich, dass du dem rechtsradikalen Gedankengut verfallen bist, und wusste nichts Besseres, als dich auf ein Internat zu schicken."

Norbert hatte das Gefühl, dass sein Vater ihm zum ersten Mal zuhörte. Er setzte sich wieder hin.

„Und ich dachte, dass du von diesem Standesdünkel besessen bist."

Alibert hatte das Thema jetzt abgehackt und war ein Stück weiter:
„Erwartet sie ein Kind von dir?"
„Nein."
„Gut."
„Gut!!?"
„Wollt ihr Kinder haben?"
„Ich denke schon."
„Warum willst du sie heiraten?"
„Warum!!?"
„Ich meine, hast du es dir gründlich überlegt? So etwas sollte man nicht überstürzen."

„Papa, wir kennen uns jetzt seit vier Jahren! Wir wohnen seit drei Jahren zusammen! Wir werden uns erst verloben, bevor wir Kinder haben möchten! Das nennst du überstürzt!"
„Ich meine, wenn ihr keine Kinder wollt, ist das in Ordnung."
„Ich glaube meinen Ohren nicht!"
„Ich meine, muss es denn ausgerechnet, ich meine, unbedingt diese Frau sein? Es gibt Hunderte, Hunderttausende, ja sogar Millionen schöne Frauen! Und du bleibst bei einer stecken, statt deine Jugend zu genießen. Hast du genügend Erfahrungen gesammelt?"
„Papa, ich erkenne dich nicht wieder!"
„Ich würde an deiner Stelle richtig auf die Pauke hauen. Jetzt, wo du mit dem Studium fertig bist, kannst du erst einmal die Sau rauslassen. Ich gebe dir das Geld dafür. Hast du schon eine deutsche Freundin gehabt? Es kann auch eine Italienerin sein oder meinetwegen auch eine andere Türkin."
„Ich traue meinen Ohren nicht! Was hast du gegen Leyla?"
„Ich habe nichts gegen sie. Ich bin mir nur nicht sicher, dass sie die Richtige für dich ist. Sie ist bestimmt sehr nett. Aber

woher weißt du, dass es nicht nettere gibt?"
„Ich habe das Gefühl, dass du dir wirklich Sorgen um mich machst, zwar auf eine sehr ungewöhnliche Art und Weise, aber das tust du tatsächlich. Papa. Papa, ich bin 27 Jahre alt! Ich habe meine Erfahrungen gesammelt, und jetzt habe ich mich entschieden. Ich kann dich beruhigen! Ich weiß, was ich tue. So, jetzt hat Leyla lange genug gewartet. Du brauchst dir wirklich keine Sorgen zu machen."

Norbert stand auf.
„Ich sage dir Bescheid wegen der Verlobung."

Alibert blieb sitzen.
„Tschüss, Papa! Ich muss gehen."
„Ja, ja, geh nur!"

Norbert blieb für einen Moment stehen. Er überlegte einen kurzen Moment lang, ob er auf seinen Vater zugehen und ihn umarmen sollte. Aber dann drehte er sich um und ging hinaus. Alibert stand langsam auf, schaute sich wie abwesend im Raum um. Sein Blick blieb an der neuen Tafel mit dem Firmennamen haften.

***

Es war 15:30 Uhr, als Alibert sich endlich aufraffte und entschlossen zum Schreibtisch ging, sich hinsetzte, den Hörer abnahm und wählte.
„Marion, hier Alibert! Ich muss mit dir reden. Hallo?"

Er legte den Hörer auf und murmelte vor sich hin: *„Sie hat aufgelegt."*

Er nahm den Hörer wieder ab und wählte ihre Nummer erneut.
„Wenn du jetzt auflegst, lasse ich noch heute alle Konten sperren! Ich kündige deine Mitgliedschaft im Golfklub und im Tennisklub ...! Hallo, bist du noch da?" Pause. *„Was ich will? Ich will mit dir über Norbert reden!"* Pause. *„Nicht heute Abend, sondern jetzt gleich!"* Pause. *„Am Telefon geht das nicht. Es ist sehr wichtig. Kannst du bitte hierherkommen?"* Pause. *„Ich kann*

nicht kommen!" Pause. *"Warum? Weil ich mich nicht in Lage fühle zu fahren. Ich bin wie gelähmt."* Pause. *"Wer?"* Pause. *"Fräulein Treumut ist nicht da. Sie arbeitet nicht mehr für mich. Also, bis gleich!"*

Er legte den Hörer auf. Dann beugte er sich nach vorne, stellte die Ellbogen stützend auf den Tisch und umklammerte seinen Kopf mit beiden Händen. Er hatte versucht, seiner Vergangenheit zu entrinnen. Er hatte versucht, seine Identität auszulöschen, indem er jeglichen Kontakt zur Familie abgebrochen hatte. Die Transformation war misslungen. Seine Vergangenheit hatte ihn eingeholt.

Um 16:00 Uhr erschien Marion an der Tür.
"So, da bin ich. Was ist denn so wichtig, dass du mir drohst?"

Alibert hob den Kopf und schaute sie an.
"Danke, dass du gekommen bist."

Er stand auf.
"Komm, setzen wir uns erst einmal hin!"

Marion setzte sich, Alibert ebenso, und sagte:
„*Norbert will heiraten.*"
„*Das weiß ich doch schon*" erwiderte Marion.

Als Alibert mit den Worten: *Warum hast du mich nicht informiert*" weiter machen wollte, erinnerte er sich im selben Moment an die Reaktion seines Sohnes. Bei dem Wort „informiert" hatte Norbert sich furchtbar aufgeregt: „*Papa, du hast gesagt: „Sie hat mich nicht informiert". Du erwartest von ihr, dass sie dich „informiert"! Nicht, dass sie dir von mir „erzählt", sondern, dass sie dich „informiert"!*"

Alibert korrigierte sich: „*ich meine, mir nichts erzählt?*"
„*Es gab keinen Anlass dazu.*"
„*Es gab keinen Anlass dazu!!?*"
„*Nein. Warum hast du dich nicht selbst um ihn gekümmert? Außerdem ist es seine Sache, ob er heiratet oder nicht. Warum soll er nicht heiraten? Er ist erwachsen.*"
„*Das geht nicht!*"

„Warum nicht?"
„Es ist inzestuös!"
„Was?"
„Auf Deutsch heißt es blutschänderisch."
„Das weiß ich auch! Was für einen Unsinn redest du? Nur weil sie eine Türkin ist?"
„Ich versuche dir nur zu sagen, dass mein Sohn meine Nichte heiraten will. Er will seine Kusine ersten Grades heiraten! Dann wollen sie Kinder bekommen! Verstehst du, was das bedeutet? Das bedeutet: Inzest! Auf Deutsch: Blutschande!"
„Langsam. Willst du mir sagen, dass Leyla deine Nichte ist?"
„Ja, sie ist die Tochter meines Bruders!"
„Bist du dir da absolut sicher?"
„Absolut!"
„Das ist ja ein eigenartiger Zufall."
„Das ist nicht nur ein eigenartiger Zufall, sondern ein Albtraum! Ich muss es verhindern, aber ich weiß nicht, wie."
„Hast du es Norbert gesagt?"
„Nein, das kann ich nicht!"
„Gut."

„Gut? Was meinst du mit „gut"? Es ist furchtbar! Er ist auch dein Sohn! Empfindest du nichts für ihn?"

Marion war jetzt ganz still und überlegte. Alibert redete weiter:
„Ich gebe zu, dass ich mich wenig um ihn gekümmert habe. Ich hatte so viel mit der Firma ..."
„Und mit Fräulein Treumut zu tun."
„Das stimmt nicht! Das ist eine Unterstellung! Du bist rein zufällig in dem Augenblick erschienen ..."
„Als ihr es auf dem Sofa treiben wolltet."
„Marion, es stimmt nicht! Der Schein trübt die Sinne! Du irrst dich!"
„Jedes Mal, wenn ich in diesen Raum kam, wart ihr rein zufällig miteinander zugange. Einmal lag Fräulein Treumut rein zufällig quer auf deinem Schoß, ein anderes Mal hat sie rein zufällig deine perversen Wünsche unter dem Tisch befriedigt. Findest du nicht, dass es einfach zu viele reine Zufälle waren?"
„Marion, du siehst nur, was du sehen willst. Du willst die Wahrheit nicht hören. Du kannst sie aber nicht ewig verleugnen und verdrängen."

„Und was ist mit dir, du Wahrheitsfanatiker? Willst du die Wahrheit hören? Du bist derjenige, der sich eine Scheinwelt aufgebaut hat! Du hast der ganzen Welt vorgegaukelt, dass du ein von Stein, ein Deutscher bist! Weißt du noch, wer du bist?"

Alibert saß still da und überlegte. Marion fragte ihn:
„Was bedeutet dir Norbert?"
„Viel."
„So viel, dass du deine Scheinwelt für ihn opfern würdest?"
„Willst du mir sagen, dass ich ihm die Wahrheit sagen soll? Das würde ihn vernichten! Das kann ich nicht!"
„Nein. Ich frage dich, ob du die Wahrheit hören willst, um ihn zu retten, ob du bereit bist, deine Scheinwelt aufzugeben, um seine Scheinwelt aufrechtzuerhalten, auch wenn es deine Vernichtung bedeuten würde?"
„Ja, wenn es möglich ist, dass es zu dieser Blutschande nicht kommt, bin ich bereit."
„Ich hätte es mir und dir lieber erspart, aber es geht nicht anders. Ich werde dir

jetzt sehr weh tun, Alibert. Bist du bereit?"

"Ich bin bereit, wenn ich meinen Sohn retten kann."

"Er ist nicht dein Sohn."

Alibert sprang auf.
"Das ist nicht wahr! Du lügst! Sag mir, dass es nicht wahr ist!"
"Es ist wahr. Du wolltest die Wahrheit hören."

Alibert ließ sich wie ein Klumpen in den Sessel fallen. Er umklammerte seinen Kopf mit beiden Händen. Für einige Sekunden war Stille. Dann schaute er auf.
"Wer ist der Vater?"
"Ich glaube, es ist Richard Lunte."
"Richard! Mein bester Freund, mein Rechtsberater, mein Tennispartner! Was meinst du mit „ich glaube"?"
"Es war auf einem dieser Happenings damals, weißt du noch? Nachher wusste keiner mehr, wer mit wem geschlafen hatte. Na ja, als ich merkte, dass ich schwanger war, ..."
"Du hast nicht gewusst, von wem du schwanger warst?"

„Nein."

„Und wie kommst du auf Richard?"

„Du musst zugeben, dass eine gewisse Ähnlichkeit vorhanden ist. Ist es dir nie aufgefallen?"

„Weiß Richard Bescheid?"

„Nein."

„Und warum hast du mich ausgesucht?"

„Ich wollte mich bei meinem Vater revanchieren für das, was er mir angetan hat. Er hat sich einen Dreck um mich gekümmert! Er hat mich immer spüren lassen, dass er sich einen Sohn gewünscht hatte. Er hat mich so behandelt, als ob es meine Schuld wäre, dass Mutter gestorben sei."

„Wie ist denn deine Mutter gestorben?"

„Sie ist bei meiner Geburt gestorben. Mehr weiß ich darüber nicht."

„Also hast du mich nur geheiratet, um dich an deinem Vater zu rächen und gleichzeitig ein legitimes Kind auf die Welt zu bringen."

„Du warst wie geschaffen dafür. Als Türke warst du am geeignetsten dafür, ihn in seinem Standesdünkel zu treffen. Die Tochter des Herrn von Stein heiratet einen türkischen Gastarbeiter! Noch *dazu einen, den er persönlich entlassen hat!"*

"Du hast mich gnadenlos benutzt, um ihn fertig zu machen! Du hast ihn umgebracht!"

"Spiel nicht den Unschuldigen! Hast du gedacht, es war eine Liebesheirat? Warst du in mich verliebt?"

"Ich weiß es nicht. "Ich glaube, nicht."

"Du warst in dich selbst verliebt. Du hast mich nur wegen der Firma geheiratet. Es passte so schön zu deinem Plan. Kaltblutig hast du deinen Plan ausgeführt, indem du die Tochter des Mannes geheiratet hast, der dich rausgeschmissen hat! Du hast erst seine Tochter genommen, dann seinen Namen und schließlich seine Firma!"

Alibert reagierte nicht auf die Provokation.

"Was hast du jetzt vor?" fragte Marion.

"Ich weiß es nicht."

"Wirst du Norbert die Wahrheit erzählen?"

"Nein."

"Nein?"

"Marion, was ist die Wahrheit? Wenn ich Norbert heute Morgen das, was ich

für die Wahrheit hielt, erzählt hätte, hätte ich sein Glück mit einer Lüge zerstört. Wenn ich ihm jetzt das, was du für die Wahrheit hältst, erzählen würde, würde ich ihn genauso treffen. Macht uns die Wahrheit glücklicher? Nein! Sie macht uns weiser, aber nicht glücklicher. Im Augenblick sieht die Wahrheit so aus, dass meine Nichte deinen Sohn heiraten wird. Glaubst du, dass Norbert diese Wahrheit gegen seine Wahrheit tauschen würde?"
„Nein, ich denke nicht."
„Siehst du, da hast du es. Ich danke dir für deine Einsicht."
„Und was ist mit uns?"
„Was schlägst du vor? Sollen wir uns weiter quälen?"
„Nein."
„Gut. Dann bist du frei!"
„Meinst du damit, dass du die Scheidung willst?"
„Wenn du sie willst, ..."
„Nein, ich will sie nicht."
„Warum nicht?"
„Ich habe Angst."
„Du brauchst keine Angst wegen der Finanzen zu haben. Ich werde die Konten nicht sperren lassen. Auch das

Haus kannst du haben. Also? Was willst du?"

„Ich will, dass wir so leben wie früher."

„Aber wir haben kaum noch miteinander gesprochen. Das nennst du leben?"

„Ich meine, wie vorher. So, wie wir gelebt haben, bevor ich dich mit deiner Sekretärin auf dem Sofa erwischt habe."

„Marion, das ...!"

„Ich weiß! Du wirst mir sagen, dass es nicht wahr ist. Es ist mir egal, ob es wahr ist oder nicht! Es ist meine Wahrheit, und ich will sie nicht gegen deine Wahrheit tauschen! Ich bin nicht eifersüchtig auf sie. Ein bisschen neidisch vielleicht, aber nicht eifersüchtig! So, jetzt muss ich gehen!"

Marion stand auf, um zu gehen. Alibert blieb wie versteinert sitzen. Als ob nichts geschehen wäre, sprach Marion weiter.

„Meine Bridge-Runde fängt gleich an. Ich darf nicht zu spät kommen. Morgen Abend gehen wir beide endlich wieder zusammen in die Oper. Ich bin froh, dass ich keine Ausreden mehr für dich erfinden muss. Beinahe hätte ich keine mehr gehabt. Die Klatschweiber hatten

schon angefangen, Gerüchte in die Welt zu setzen."

Sie ging eiligen Schrittes zur Tür. An der Tür blieb sie stehen und drehte sich kurz um.
„Ach, beinahe hätte ich es vergessen. Warte nicht auf mich! Ich gehe heute Abend mit Margot ins Kino."

Marion ging hinaus. Alibert blieb noch eine Weile bewegungslos sitzen. Plötzlich stand er auf und ging zum Schreibtisch. Mit dem Rücken zur Tür stand er am Tisch, nahm den Hörer ab und wählte.
„Hallo?" Pause. Er legte den Hörer auf. *„Scheiß Anrufbeantworter!"*

Er nahm den Hörer wieder ab, wählte und wartete. An der Tür erschien Steffi. Alibert sah sie nicht.
„Ja, hier ist Ali, Alibert von Stein, Ihr Chef. Steffi, können Sie mich bitte zurückrufen? Ich bin im Büro. Es ist sehr wichtig. Ich werde so lange warten, bis Sie mich zurückrufen."

Er legte den Hörer auf, überlegte kurz, nahm den Hörer wieder ab, wählte und wartete.

„Ja, hier bin ich noch 'mal. Ich weiß, dass Sie da sind, Steffi! Ich spüre es! Sie können mich nennen, wie Sie wollen. Ich brauche Sie! Ich weiß nicht, was ich ohne Sie machen soll. Ich ... Ich kann ohne Sie nicht. Bitte, verzeihen Sie mir und kommen Sie zurück!"

Er legte den Hörer auf, drehte sich um und sah Steffi an der Tür stehen. Sie lächelte.

< ENDE >

Andere belletristische Werke des Autors Kıygı in chronologischer Reihenfolge

Esmeralda
Fantasy-Roman
Scheffler-Verlag, Herdecke 2000,
ISBN 3897041405

Orca Kir, ein menschenscheuer Privatier und Eigenbrötler, liebt seinen Alltag, der ihm so vertraut ist und ihm ein solches Gefühl der Geborgenheit gibt, dass er jedem, der ihn ihm wegnehmen will, sei es auch nur für ein paar Stunden, mit einer gewissen Skepsis gegenübertritt. Er führt ein völlig geregeltes Leben, das eines Tages von einem Traum auf den Kopf gestellt wird. Der Traum, in Gestalt einer Spinne namens Esmeralda, lässt ihn nicht mehr los, verfolgt ihn in seinen Alltag hinein, und die Ereignisse überschlagen sich. Ist Esmeralda ein Traum oder gibt es sie wirklich? Allmählich verschwinden die Grenzen zwischen Traum und Wirklichkeit und tausend Jahre alte Erinnerungen werden wach.

Zeynep, eine Tragikomödie in 3 Akten
Deutscher Theaterverlag, Weinheim 2002
(Uraufführung in Crailsheim 2004)

Zeynep, die jüngste Tochter der streng nach dem Koran lebenden Familie Arslan, befolgt die Gesetze des Vaters und zweifelt nicht an der ihr vorbestimmten, der Tradition entsprechenden Lebensaufgabe. Sie gibt sich mit ihrer dienenden Rolle zufrieden, genau wie die Mutter, die ebenfalls keine eigenen Bedürfnisse und Vorstellungen zu haben scheint.

Die älteste Tochter, Nermin, hat sich hingegen emanzipiert, studiert in der Türkei Jura und stellt die konventionelle Familienstruktur in Frage. Der jüngere Bruder schwindelt sich beim Vater so durch, bleibt aber auf Grund seines Geschlechts unbehelligt. Der ältere Bruder genießt als stellvertretendes Familienoberhaupt allen Respekt, auch weil er Arbeit und eine deutsche Braut hat. Sie, Ilona, zweifelt immer wieder die ihr unverständlichen Rollenverhältnisse an, aber es stellt sich heraus, dass in ihrer eigenen Familie auch nicht alles zum Besten steht.

Als Nermin zu Besuch aus der Türkei kommt, begegnet sie ihrem Vater mit unverhohlener Provokation. Als sich dann noch herausstellt, dass Zeynep schwanger ist, steht die Familie vor der Zerreißprobe. Während die Geschwister darüber streiten, was zu tun ist, wird Zeynep die Unvereinbarkeit des Geschehenen mit dem ihr anerzogenen Gehorsam zum Verhängnis.

Der (un)aufhaltsame Assimilationsprozess des Alibert von Stein;
(ein Theaterstück in 4 Akten)
Twenty Six Verlag, Norderstedt 2016,
ISBN 978-3-7407-2475-7

Am 30. Oktober 1961 wurde in Bad Godesberg ein Anwerbeabkommen zwischen der Bundesrepublik

Deutschland und der Türkei unterzeichnet. Danach kamen hunderttausende Menschen aus der Türkei nach Deutschland. Man nannte sie Gastarbeiter. Laut dem vorgenannten Abkommen sollte ein Gastarbeiter nur zwei Jahre in Deutschland arbeiten können. Dann sollte er zurückkehren. Einige taten dies, aber viele blieben. Das folgende Theaterstück erzählt die Geschichte eines dieser Gastarbeiter. Sie kann sich genauso abgespielt haben wie in diesem Stück.

Hüsrettin geht Salz kaufen
Eine türkische Volkserzählung
Twenty Six Verlag, Norderstedt 2017,
ISBN 978-3-7407-3206-6

In einem Ort zu einer Zeit, als man das Salz "Nix" nannte, schickte der Meister seinen verträumten Laufburschen Hüsrettin Salz kaufen. Auf seinem Weg dahin nahmen die Ereignisse ihren Lauf.

Eine türkische Volkserzählung, frei erzählt nach den Erinnerungen des Autors.

ORXAN, DER HEXENMEISTER
Fantasy-Roman
Twenty Six Verlag, Norderstedt 2017,
ISBN 978-3-7407-4304-8

Zwei metaphysische Wesen, einst Kinder königlichen Blutes, eineiige Zwillinge, Bruder und Schwester, unsterblich, schlüpfen mit Hilfe ihrer telepathischen Fähigkeiten in fremde Körper. Sie verbringen ihre Zeit, indem sie miteinander Schach spielen. Der Gewinner versteckt sich und darf bestimmen, wie der Verlierer ihn suchen soll. Dabei wird der geregelte Alltag eines Eigenbrötlers auf den Kopf gestellt.

Durch einen Traum überschlagen sich die Ereignisse und tausend Jahre alte Erinnerungen werden wach.

Die verlorene Ehre der Familie Aslan
Kurzroman
Twenty Six Verlag, Norderstedt 2017,
ISBN 978-374-0765323

Die streng und gläubig erzogene jüngste Tochter der Familie Arslan ist schwanger. Wie konnte geschehen, was nicht geschehen darf? Beide Brüder sind völlig überfordert mit der Vorstellung, dass ihre Schwester schwanger ist. Der Mann, den man dazu braucht, existiert nicht. Die Möglichkeiten für eine Schwangerschaft, wie die Existenz eines Freundes oder schlimmstenfalls einer Vergewaltigung, sind undenkbar. Die Tochter hüllt sich in Schweigen. Archaische Strukturen brechen auf. Es geht jetzt um die Ehre der Familie. Dass ein Mann im Leben der Tochter vor der Heirat eine Rolle gespielt haben könnte, ist jenseits der Vorstellungskraft der männlichen Familienmitglieder. Sie denken nur an die Ehre der Familie und geben der Tochter bzw. der Schwester die Schuld an dem Geschehenen. Sogar die Möglichkeit eines Ehrenmordes als Lösung des Problems wird in Betracht gezogen. Die ältere Tochter bewahrt einen kühlen Kopf, während die Ereignisse ihren Lauf nehmen.

Die drei Pomeranzen
Ein türkisches Märchen
Twenty Six Verlag, Norderstedt 2019,
ISBN 978-3740712556

Es war einmal, es war keinmal. Da lebte in einem fremden Land ein mächtiger Sultan, der hatte nur einen Sohn, und weil er fürchtete, dass seinem einzigen Sohn und Erben seines Reiches etwas zustoßen könnte, ließ er ihn und seinen Hofstaat in einem Turm einsperren. Eines Tages entdeckte der Kronprinz eine Dachluke in dem Turm. Durch diese schaute er nach unten und sah eine alte Frau, welche mit einem Krug aus Ton auf dem Kopf an einen Brunnen trat, um Wasser zu schöpfen. Er rief nach der Frau und als diese auf seinen Zuruf nicht reagierte, warf er seinen goldenen Ball hinunter. Der Ball traf den Krug und zerschlug ihn in tausend Stücke. Als Strafe belegte die alte Frau den Prinzen mit einem Fluch: um die Frau seines Herzens zu finden, müsse er einen weiten, gefahrvollen Weg gehen und nach den drei Pomeranzen suchen. Dabei solle er erfahren, wie es ist, kein Wasser zu haben. Der Prinz machte sich auf den Weg, um die drei Pomeranzen zu finden, und die Ereignisse nahmen ihren Lauf.

KISMET
drei Geschichten
Twenty Six Verlag, Norderstedt 2021,
ISBN 978374-078-6830

Drei schicksalhafte Geschichten aus dem Alltag, deren Protagonisten sich dem ihnen auferlegten Los nicht entziehen können.

In Deryas Kismet nehmen die Ereignisse ihren Lauf, als es eines Tages heftig blitzt und donnert. Derya hat panische Angst und wirft sich in die Arme ihres Nachbarn.

In Hasans Kismet wird Hasan vor Herausforderungen gestellt, als seine Eltern sterben und er für sich selbst sorgen muss.

In Ardas Kismet wird Arda aus seinem Leben gerissen, als er in seinem Bus für einen kurzen Augenblick die Frau aus seinen Träumen zu sehen meint und sie sogleich wieder aus seinem Blickwinkel verliert.

Kulturschock, Integration, Diskriminierung, Ehrensache und andere Geschichten
Twenty Six Verlag, Norderstedt 2023,
ISBN 9783740731755

Die teils autobiographischen, teils erfundenen Geschichten über Kulturschock, Integration, Diskriminierung, Ehrensache und Doppelpass erzählen Episoden aus dem Leben des Autors.